富士正晴集

戦後文学エッセイ選7

影書房

富士正晴（1972年・自宅居室にて）撮影・矢田金一郎

富士正晴集　目次

凡例

一、「戦後文学エッセイ選」全一三巻の巻順は、著者の生年月順とした。従って各巻のナンバーは便宜的なものである。

一、一つの主題で書きつがれた長篇エッセイ・紀行等はのぞき、独立したエッセイのみを収録した。

一、各エッセイの配列は、内容にかかわらず執筆年月日順とした。

一、各エッセイは、全集・著作集等をテキストとしたが、それらに収められていないものは初出紙・誌、単行本等によった。

一、明らかな誤植と思われるものは、これを訂正した。

一、表記法については、各著者の流儀等を尊重して全体の統一などははかっていない。但し、文中の引用文などを除き、すべて現代仮名遣い、新字体とした。

一、今日から見て不適切と思われる表現については、本書の性質上また時代背景等を考慮してそのままとした。

一、巻末に各エッセイの「初出一覧」及び「著書一覧」を付した。

一、全一三巻の編集方針、各巻ごとのテキスト等については、同じく巻末の「編集のことば」及び「付記」を参看されたい。

カバー絵＝富士正晴筆（編者蔵）

富士正晴集

戦後文学エッセイ選 7

植民地根性について

元来、他人の武装の下に生活するとき、此に反抗出来ぬと云うことはすべての弱者が知っている（陶晶孫）

「犬とシナ人とは入るべからず」という立て札が立っている。その公園の入口へ、一人のシナ人がやって来る。犬とシナ人と並べて書いているのは何故か。犬は公園に糞をして汚すからだ。そして犬と同格の、つまりあっさりチャンコロといってもいいそいつらは、貧乏たらしく、不潔で、悪臭がし、見た目にも悪く、公園の美観を甚だ害するからだ。だから、公園に立ち入らすことはならぬ。公園の入口にやって来た一人のシナ人は、しかし、その公園がシナの国から切り取られた土地であり、犬の糞はともかくとして、チャンコロが貧乏たらしく、不潔で、悪臭がし、見た目にも悪くならされているその原因が、その立て札を立てたものの側にあることを知っている。その魯迅と名乗るシナ人はけんかする力がないから、その立て札を抜きすてることは出来ない。彼はステッキを振り上げ、立て札を力一杯叩くだけだ。だが、もしそこに、彼と同国人のシナ人で、しかも立て札の主に飼われている鉄砲を持った奴がおれば、魯迅の体を弾丸が貫いていたかも知れない。

この魯迅のステッキがいつもわたしの頭の中でビュウと音を立てている気がする。そして、その音は、魯迅のこころの中で絶望的に聞えたように、わたしの中でも絶望的にひびいているのかも知れない。しかし、ステッキはビュウとひびかなくてはならない。一人一人の国民の頭とこころの中でビュウ、ビュウとひびいていなくてはならない。

他からの圧迫がなければ植民地根性は起らない。又、圧迫があってもそれに反抗しておれば植民地根性は起らない。圧迫に順応し、圧迫の側に立ち、圧迫をかさに着ようとするところに植民地根性は起る。

だから植民地根性というものは、主人の立場、主人の思想を自分の立場、自分の思想としている奴隷の根性なのである。奴隷は主人なしの世の中を考えにくく教育されてしまっている。主人を失うのがこわい。だから、奴隷なのだ。植民地も主人の国から離れては生きて行けぬと考えてしまう。だから、水爆結構、基地結構と真剣におべんちゃらを言い、植民地であることを止めようとせぬ。アメリカがよくよく考えた上で天皇を残した理由がここでよく判る。日本が植民地根性にとって実に良い培養条件をもっている理由がよく判る。

主人は奴隷を奴隷らしく教育しようとする。強国は植民地らしく教育する。それは少々の利益と、鞭とでもってだ。鞭には絶対権力と書かれている。そして少々の利益は、奴隷・植民地が生み出した富が、主人・強国の手を通って、小さくちぎれて戻ってくるのにすぎない。恐れ、生活をおびやかされる恐れのあるところでの一番楽にみえる処世術、そいつが身につき、根性となれば、それが植民地根性・奴隷根性だ。それの養成法は割合楽である。絶対の権力を行使すればよい。強力さを絶対と思いこませればよい。すべての発言が命令の形をとればよい。上品な様子をしたければ、おすすめの形をとればよい。忠告・希望・期待、そうした甘味をちょっぴり頬笑ませればよい。背後にキラメク強力な武器がこわいから、微笑は恩恵とすら見えてくる。そこまで来れば奴隷・植民地根性はほぼ十分な完成をとげたと云うことが出来るのだ。それは小説の形をとると

「ゆき子の話」（久坂葉子）の後半

ゆき子は、ついこの間から、S駅のR・T・Oにつとめはじめたそうだ。（中略）ゆき子のつとめている部屋は、彼女以外に四人の青年や二世の娘などいて、アメリカのチーフが一人いるのだという。「私は、最初そこへ挨拶をしに行った日から、毎日そのチーフがこわくてたまらなかったのよ。彼の名前の頭文字NだからNとしておくわ。とにかく、Nはすべて独断的で圧制なのよ。私は仕方ないと思っていた。それは、アメリカ人と日本人であることと共に、雇主と雇われている自分という観念の下であったから。〔水素爆弾とまで行かなくても、丸腰のものに武器持ちの人や国はこわい。独断と圧制は忠告や指導の形で楽に出来る。それに対して、われわれは仕方ないと思っていた。それは、力あるものと力ないものであると共に、その力にたよらねば生きて行かれぬわれわれという観念をもっていたから〕（以後〔　〕は富士の入れる雑音である）Nは、朝の挨拶をしても、にこりともしない。用事以外は口をきかない。しかも、こうせよ、ああしろ、と、きわめて簡単な命令語なの。顔付からして野獣みたいだし、体が大きくて、目が奥深くぎらぎらしてて、腕には毛が密生しているで

しょう。恐怖だった。年だって六十すぎてるのよ。私も同僚もみな平身低頭なの。仕事を命令されると、イエスとかすれた声で云うだけ。〔占領当初のマッカーサーと日本政府といった所だろう〕それが一週間たったたある日なの。私が、仕事の後片付けをして、帰ろうとする時、Nは、突然私の傍へやって来て、口早に居残りしろというの。その晩パーティに呼ばれていたので、いつもイエスなのに、その日に限って質問を発したの。すると仕事だという。では、今からしますって云うと、みながかえる迄まてとくる。私はうなずいて自分の席にすわっていたの。Nの席は特別大きなデスクで、その前についたてがしてあるの。彼は、恐い顔をしたまま、ついたての向う側にはいって行ったわけ。そのあと同僚達が帰ってゆくでしょう。私は、しばらく雑誌をみてたのだけど、Nは私を呼ばないし、思い切って、ついたての影から用事をきいたの。

『ここへ来い』『はい』『ここへ電話しろ』『はい』私は、それだけの用事なら、早く云えばいいのにと、恨めしかったけど、受話器をはずして、丁寧にダイヤルをまわしたの。すると、うしろから〔うしろからである〕私の背中を急にNが抱きかかえたの。すごい力。私、びっくりして、受話器を机の上におとし、すぐ彼をはらいのけようとした。でも声が出ないし、身動きも出来ないの。〔身動きに関して、われわれは被占領中は直接的にそうであった。現在の偽独立状態では間接的にそうであると思えるが、殆んど直接的に近いことであろう〕Nはしばらく私の体を抱いてから、つきはなすように私を解放したの。私は身をかたくしたまま、ふりむくことも出来なかった。でも、やっと肚を決めて、わざと乱暴に、又電話をかけ、受話器をNに渡したの。彼は、受話器を片手に持ち、素早く片手で私の腕をつかんでいる。そして、今夜、用事でおそくなるからと優しそうに話をしている。相手は、N

のワイフなのよ。〔ワイフを国民といいかえることも出来そうだ。或る種の政府にとって、国民はこのようなワイフである。ワイフは優しそうな声で語られるとチョロリとやられる。優しい声音で語るものに注意せよ！〕私、とっさに、Nが私を残した理由をさとったわけ。大変だと思ったわ。〔完成した植民地根性ではこれを大変だと覚らないことになっている。有難いわと覚ることになっているのだ。MSAが何が悪いんだい！　パンパンこそ第一の外貨獲得ですぞ！〕『ホテルに部屋がとってある。ついて来い』〔兵器を貸してやるから、おれと一緒に敵をやっつけようや。何といっても、お前はアジヤで一番たのもしいからな〕Nは受話器をかけながら云った。私は、もう、チーフも何もかったの。左手をつかまえられたまま、いきなり喋り立てたの。『あなたが何故に私に居残りを命じたのかわかりました。嫌です、私は帰ります』〔何を、こいつ！　力も金もない癖に、曲学阿世の徒か、不逞の輩か。どうもアカ臭い。世間知らずの向う見ず奴！〕『命令だ』Nは、はげしい目つきで私をにらんだの。『何ということです。私は子供じゃありません。わかってます』私は、Nが手をはなしてポケットからライターを出している隙に、まっしぐらに、ついたてをすりぬけ階段をかけおりたの。Nの侮辱にすごく腹をたてたわ。（中略）〔この逃走は非協力というものだ。中々すばしこくて良い。中国で徴用農夫達（われわれは苦力と呼んでいた）は折々このゆき子のようにすばしこく逃亡して、苦力監視の二等兵のわたしを感歎させ、ついでわたしはビンタを食うのだった。しかし、わたしは逃走せず部隊に従う農夫より、こうして逃走してしまう農夫の方が大変好きだった。逃げしなの駄賃に兵器を盗んで行く農夫が一人もいなかったことは、その逃走が命からがらのものだということを示している。このことをわたしは軽蔑していたが、今にしてその軽蔑の撥ねかえりをわれわれの行いの中に感じる。似たか寄ったかのことだ。ゆき子の逃走でさえ、すばしこくて良いと褒めねばならないのだから。徴用農夫は逃げっ放しだ。けれど、ゆき子は次の日、出勤する。月給をもらって、食って行かねばならないからだ。月給をやるNにはそれが判り切っている。そしてNの渡す月給は日本人の税金でまかなわれているのだ。つまりNは日本人の勤労で生み出された金で、勤労している日本人をしばることが出来るしかけである。Nは強国の象徴であり、ゆき子は植民地の象徴である。今のところ、ゆき子に恐怖はあっても、植民地根性はない。しかし、ゆき子に植民地根性を培う環境はちゃんと出来上っている。絶対権力をもっておれば、そのような環境はすぐ製造出来る。食物を押えてしまえば良い。生活の根を押えてしまえば良い。経済の根をつかんでしまえば良い。餓死出来ないようにするが良い。死ねなければ生きねばならぬ。生きるためには経済の根をおさえているものに従わねばならぬ。植民地の経済は忠告や期待の言葉によって、自由に操作される。共産主義諸国との貿易は、利益も少いことを教えておく、これは忠告だ、われわれはそのようなことに望みを托しないようにに期待する。そのような親切は植民地の上に、放射能の雨ほど屢々降って来る。そうすると買弁はその親切を感謝して服従する。わが日本の脚はひょろつくばかりだ。これに対して「空室清野」という風な気の利いた戦法はない。彼等は土地と人間に用事があるだけで、わが国のその他の物資には用事がない。空室清野しようとすれば、日本国を海中に沈め、役に立つ男は皆死んでしまうより仕方ない。女は？　女はアレにしか役立たぬ。本当に必要なのは番犬用男性であり、不沈空母用日本国でしかない。この二つが無くなれば、何の日本の女に用事があるものか」翌日、私はおそるおそる出勤したの。と、Nは、又私に今日五時半に自分の席へ来いと命令なの。お昼休みで人が居なかった時、

『あなたは昨日、自分の命令にそむいた。〔ゆき子はあなたと翻訳する。わたしは貴様位にしか受け取れない〕罰として、今日、居残って仕事の整理をしてもらう。タイプを打て』私は、タイプが打てない、と云ったの。すると命令だとくる。〔憲法で軍隊は持てないときめさされました。すると、勧告すると来た。期待すると来た。背広姿の命令。そしてあの何年も続いている茶番劇、胸糞わるい地口ごっこ〕そしてね、私に、今の生活は満足かときくの。私は、物資的に満足していないと答えたの。すると、自分はいくらでも金をもっている、ほしくないかと云うの。〔何と、これは各国の偉い連中が集まってやる何とか会議の速記録そのものではないか。巨頭会談の最も基本的な型のように思える。しかし、やはり、支配的強国と植民地的弱国の会談だ。そして又、何とか部長がタイピストをくどくときもこう云うのだ。植民地根性とは、お世話になりますという根性なのだろう。身近な例でいえば、パーマネントの店やら、待合やら、小料理の資本を出してもらうお妾さんが、段々におちいってゆく根性。旦那は、お妾さんがそこで働いて得たあがりをまき上げて、ちょっぽり残してゆく。けれど、そのちょっぽりが、ああ、有難い。旦那の後立てなしにはとてもやって行けぬ。そこで忠義立て。間抜けたものである。もっともこれはうまい処世術のつもりになろうとおもえばなれる。敗戦直後、日本国をいっそアメリカの一州にしてもらいたいと考えた人がいたというが、それはおかめ面の妾第n号が、入籍をのぞんだような滑稽さだったろう〕私は、むかっ腹たてて椅子からたち上り、『私は娼婦じゃない。私は、金のために体をうることは出来ない』全く絶叫したのよ。すると『勿論、私はあなた〔お前、いやこんな時はあなた位いうかも知れぬ。何しろ強者は一寸身をかがめても強者だから〕を愛している』『然し、私はあなたを愛していない、憎んでいる位だ』〔水爆反対署名〕『あなたは、屹度私を愛するようになる』Nは、はっきり云ったわ。(中略)〔ここの会話のやりとり、ゆき子はなかなか立派である。しかし、ゆき子は屈服するとNは宣言している。それは〕その日、帰る時間まで、私は、どうこの事件を切抜けようかと考えたわ。辞めようと思ったの。けれど、まだ一文も月給もらっていないし、みすみす辞めるのは口惜しくもあったの。〔出血受注をつづけたり、又、設備の拡張を勧告されてそれに従って資本を入れ、後はいたちの道で、金は入らず破産したという工場をわれわれは随分耳にし目にしたが、その進みゆきだ。権力をもっているものは強い。金を払うものは強い。しかも、その権力には買弁という手先が、人民の税金で養われていた。品物に払われる金は、人民の税金から作られた金であった。金の道筋をみれば、やはり、弱者は自分をしばる鎖を念入りに製造し、強者に献上するものである。宮城再建論、軍人遺族靖国神社参拝、憲法改悪、天皇制復活、家族制度復活〕そのうち帰る時間になったでしょう。彼は嘲笑的な態度で私をみているの。〔日教組相手には教育二法案がある。このころならゆき子に向っては、占領目的違反とレッテルを貼ることも出来たのである〕私は、ぷいとして帽子と、ハンドバッグを持って戸口に出ようとしたの。『待て』号令よ。私は、同僚の前で何も云えないし、すごすご戻ったの。〔同僚は日本人だ。しかし、ばらばらにされている奴隷は弱い。G・Iが目をつけた女を、家から誘い出す手伝いをした日本警官さえいたのだ。しかも取調べの名をもって。同僚の前で、ゆき子が真相をばらしたって、Nは平然たるものだろう。そして水爆実験は中止しないと、嘲笑的な態度で宣言するだろう〕すると、Nは、たくさんの書類をもって来て、このコピーをとれというの。私は仕方なく、ポツンポツンと一本ずつの指で鍵を押えながら、タイプを打ち出したの。誰もかえってしまった後、私は、電燈をつけて、その下で半分泣きそうになりながら仕事をしたの。Nは、ついたての向側で煙草を吸っている。〔そんなことは日本の社会でもよくあることではないか、と云うだろう。そう云ってもらいたいのだ。権利があいまいにぼやかされ、義務がやたらに頑丈に立ちふさがるとはもともと日本にあった仕組みだ、今更のことではない。その通りである。だから、実に植民地根性的忠節の存在地として、どんなに日本は頼もしがられていることだろう。何しろ、修練が出来ているのだから。反抗を組織することを知らない奴隷達の国〕八時になった。私はやっとコピーを仕上げて、Nのところへ持っていった。と、彼は又いきなり私を抱いたの。私は、思い切りの力をこめてNの頬を打ったの。Nは殆んど反射的に私をなぐりかえしたわ。私は今迄、一度だって頬っぺたをはられたことなんかない。私は、はなして下さいと叫ぼうとした。すると、Nは、太い大きな手で私の口を押えたの。そして、つづけざまに私の唇にぶあつい金歯のはいった口を押しつけようとした。私は、夢中でNをつきはなし、その拍子に、私の口紅がべったりNの頬についたの。彼は、いまいましそうな顔をして、片手で頬にふれ、その手をみてからハンカチを出してふき出した。私は落ちついて来た。大きな力が湧いて来たの。（中略）〔反抗している時の奴隷には奴隷根性はない。反抗している時の植民地には植民地根性はない〕『妻ある人に、しかも愛していない人に、私は身体をゆるすことは出来ません。私は、あなたの奥さんを呼出してあなたの行為を訴えます』〔日本の女性がG・Iの製造し遺棄してゆく多くの混血児についてルーズヴェルト夫人に訴えたことがあった。あの時のそっけない返答をわたしは思い出す〕『何ということだ。あなたは、自分の国の占領下にある女性で、私はあなたのチーフなのだ』〔封建制の下にある人民の妻や娘と、絶対君主との関係〕『私はあなたの国の占領下の女性で、あなたにやとわれています。

然し人間です。〔これは重要なことだ。われわれは人間であることを声高く主張しなくてはならないのであって、モルモットや奴隷であることを、忠義振って宣言しなくてはならないのではない〕あなたの国は、私の国に対して、自由をくれた。〔あなたの国、私の国、ゆき子のこの物言いの立派さは外交官のかがみにしたって良かろう〕あなたが私に対して仕事以外に命令することは何という矛盾でしょう。私は、あなたの要求を拒否することが出来ます。当然です』〔理路整然としている。この理屈は正しい。しかし、奴隷の正義に対して、主人はむしろ忠告的勧告をする。それは〕『いや、服従しなければならない。私は、あなたとひきかえに、あなたののぞむ金額を支払うとも云っている。〔あなたとひきかえに――この不用意な言葉にすべてはあるのではないか。あなたのサーヴィスと引換えにと言わずに、あなたと引換えに。その方が正しい。あなたのサーヴィスと引換えに支払われる金額は正しく、あなたの望むままのものだろう。しかし、その金はあなたの金にすぎない。だから、あなたはあなたの金であなたを売ることになる訳である。これがすべての植民地の運命であり、すべての奴隷の運命である。強国は植民地の金で植民地を植民地として釘づけ、主人は奴隷の金で奴隷を奴隷の身分に釘づける。植民地は痩せほそる。奴隷の魂は荒廃する〕日本の女性は、我々に、こころよく与えてくれる。〔基地も貸す、水爆実験のモルモットにもなる、水爆も預る、そしてそれらすべては、つまり、国民全体をこころよく与えるということだ。当時の自分達だけは別物であるような気持で〕我々も又、与えるものは与えている筈ではないか〔出所はすでに判った〕』『侮辱です。勿論、日本の女性の一部分の行為を私は認めます。〔われわれは認めることに慣らされているのだ。徳川時代にも、天皇時代にも。だから、現在も〕けれども私は彼女達とは違います。〔慣らされることを拒否する者もいる〕』Nは無言のまま又、私を抱擁しようとした。私は彼の顔を精一杯なぐって部屋を出たの」（中略）〔次の日、解雇を言い渡されるのを覚悟でゆき子は出勤する。頭が痛くてふうふういっている。Nはゆき子の額に自分の額を押しつけ、顔が青いから帰って休めという。丁度、日本の経済自立を応援してやらねばならぬと動かす小指一本。宥和政策である。ゆき子はそこにたくらみを感じる。しかし、その次の日、突然の命令でNは朝鮮へ行く。駅頭の別離。Nはゆき子を呼ぶ。ゆき子はグッドバイという。Nは、「グッドバイじゃない。自分はあなたのことがこれで終ったと思っていない。三ヵ月したら帰って来る。あなたは屹度私を待っているに違いない」という〕「さあそれから、私は毎日、オフィスへ通っているのだけれど、何故か、Nが居ないということが頼りないの。あんなに侮辱されながら、私は彼の不在を喜べないの。とてもさみしいの。Nが最後に云った、あの自信たっぷりの言葉に、もう口惜しいとも傲慢だとも思わないのよ。私の気持は一体どうなんでしょう。Nの存在がとにかく一時だって念頭をはなれないよ」〔吉田茂みたいに自由がきいたら朝鮮まで飛んだかも知れない。吉田氏の最後のお礼まいりの外遊の底に、ゆき子的慕情が一寸あったのではあるまいか。ゆき子のグループは日本人を土人と見下すという風な点がないでもなくなっていた〕

ゆき子はいきなりたって、レコードにあわせながら、ひとりでお尻をふってルンバを踊り出した。

「私、へんかしら」

私は、ベッドに寝そべりながら、

「いいえ、それが女なのでしょう」

彼女は、くるりとまわりながら、

「女、全くきらいねえ」(後略)

この小説を書いた久坂葉子という娘は、その頃、自分をもてあそび、捨てた男を忘れ兼ねて悩んでいた。そして、そのような自分に嫌悪も持っていたのである。だから、彼女の友人を描いたこの小説の重点は、作者である彼女のこころの中では「女、全くきらいねえ」というところにあった筈だ。しかし、彼女のリアリズムは、少し稚ないにしても、誤りなく植民地の風俗だけではなく、支配者と奴隷、強国と植民地の関係、そして強国の人がどういう風にして植民地の人を肉体的のみにでなく、精神的にもスポイルして行くかという、その必然の仕組みを、たくらまずしてつい描いてしまった。私はこの短篇をよみかえすたびに胸がにえくり返るような気がするのだ。

彼女は社会的な視野を殆んどもたなかった。貴族の出身ではあるが、庶民的な娘であった。そして、残念なことに、あの神戸の街の、センター街近くに住みながら、遂に魯迅のステッキの音を聞く感覚がなかったようなところがある。名門に生れ、外人に幼い頃から馴れ、しかも高級な彼らに馴れていたことがそうさせたのかも知れないが、兎に角そうであった。だから、この小説は、たまたま、魯迅のステッキの音を解く手だてをわたしに与えて呉れるものにはなったが、それを強く肉づけるものにはならなかった。魯迅のステッキの音が先ず、なくてはいけないのだ。「このあたりを用もなく徘徊するものは射殺されることがあろう」という、繁華街近くの占領軍キャンプの掲示の上に、せめて彼女の頭の中ででも、ステッキは打ち下されるべきだったのだ。

しかし、わたしは彼女をとがめることは出来ず、とがめるよりは、そこに、彼女と丁玲との間の越え得ない一線があったという悲しみを覚えるばかりだ。

わたしたちは、まだまだ、植民地人としての自分を、はっきり知っていない。感覚として、はっきり掴んでいない。わたしたちはまるで、他人事のように自分を眺めている。或いは、支配者の側に立った眼で、被支配者を眺めている。そしてその被支配者が自分であることを、身に浸みて、感覚として掴んでいない。少しの土地と家をもっているだけの農民、小さな工場、小さな商店をもっているだけの商工業者が、いかに易々と自分をブルジョワだと錯覚しているかということを、わたしは切実に感じざるを得ない。彼らは天皇が好きだ。そして、自分の家にも小天皇制をしいているのだ。

植民地根性は、もとから、今の状態が起る以前からあった。大名・徳川幕府・天皇国家、その下で、植民地根性はちゃんとあったと思う。雇主と雇人、地主と小作、父と子、男と女、それらが絶対的な上下の身分で形どられている世界は、それぞれ、小さな植民地であったのではないか。だからこそ、アメリカの支配の下に、日本は大したレジスタンスもなく、従順の美徳を発揮し、世界的な「アメリカ兵士のパラダイス」「アメリカ資本のパラダイス」となり得たのであろう。

陶晶孫は言う。「中国は同情する。なぜならば、中国は現在の日本の状態を見て、それがみな自分の経験して来たことだからである。中国が半植民地状態にあったとき、自分の港には外国の軍艦がいた。自分の町の郊外には外国の兵隊が隠されていた。外国人の店や家に勤めれば月給が多かった。官吏は腐敗し、街にはキャバレーがさかえ、高級自動車が走り、検事が社用族を捉えても捉えてもいくらでも出て来た。即ち、昔中国にあったものは今日本にはみなある。中国人はこの状態に甘んじることは決して独立国に到る道でないことを知っている。だからこそ、日本人に同情するのである」（落

第した秀才・日本）
「昔中国にあったものは今日本にはみなある」しかし、それよりもっと余計に、中国がとっくの昔昔に捨て去ったものまで今日本に残り、勢をもりかえそうと考えているのだ。「この状態に甘んじ」、この状態にこびて、勢をもりかえそうとし、それこそ独立国に到る道だとわたしたちをだまそうとしている。
しかし、魯迅のステッキ、昔中国にあった魯迅のステッキも又、今日本にある。ゆき子がNの頰に与えた一撃も、魯迅のステッキの一撃なのだ。日本の中に、日本人の心の中に魯迅のステッキを無数にふやすこと、それが迂遠のようでも独立のはじまりである。考えようによっては、まだまだ大して、物は、はじまっていないのだ。

久坂葉子のこと

久坂葉子の作品を読みかえしながら、やはり彼女は死に急ぎをしすぎたという気がした。もっと生きて、もっと良い仕事が出来たはずの女だから惜しいのである。

久坂葉子は太宰治が好きだった。太宰治が好きだったから自殺に執念したとは考えられない。自殺に執念するようなものがあったから、太宰治の作品が好きだったと考えた方がはっきりするようである。

太宰治は名門を振り廻すような気風が文章に見えるが、本ものの名門の久坂葉子はそう振り廻してはいなかったようだ。しかし名門はやり切れんという風な心の持ち方は共通しているのかもしれない。そう言えば、やたらに自分に罪をひっかまえようとした所も似ているようである。文章のたちは、ここに見られる通り全く異っている。

久坂葉子の自殺は一種の執念であって、二十二歳の大晦日に成功しなければ、またいつかはやってのけるだろうという気がする。けれど、そのようなことは丁玲とか、アグネス・スメドレーとか、エズランダ・グード・ロウブスンとかを考えて行けば、つまらない信念にすぎないことがわかる。久坂葉子は死ぬ前ごろ、しきりとボーヴォワールの『招かれた女』に熱をあげていたが、ボーヴォワールも『招かれた女』では、久坂葉子を甘やかすだけだったろうと思われる。『第二の性』を読んでいたらどうか。

久坂葉子は名門・貴族の家に生れ育ったくせに、ひどく庶民的なところのある女だった。けれどもそれだけでは、彼女のあの猛烈な盲目的な生活力の爆発をひっくくって、一つの統制された生活力とすることは出来ない。ひっくくるわくが弱すぎるのである。名門旧家の重みに抵抗して遂に敗れ去って自殺したという考え方は、失恋したから自殺したという考え方と共に一向信用出来ない俗説である。むしろ名門旧家の重みが甘ちょろすぎ、失恋の痛みも甘ちょろすぎたと考えた方がよい。アグネス・スメドレーのようにアメリカ・インディアンの血がまざっているかエズランダ・ロウブスンのようにネグロであった方が良かったのである。但しこれは生活力が猛烈であることを前提にして言っているのだ。

久坂葉子はどこかの新聞に「社会主義的云々とほめられるような小説を書こうとは思わぬ」などという意味の文章を書いていた。その言分はそれで良い。そのとおり、彼女の小説は恋愛と芸術の話ばかりである。恋愛といえば濃淡はあれ三角関係が主で、主人公が失恋し嫉妬のうちに男にひきずられるという結末が多く、結局ひきのばして行けば自殺にゆきつくだろう。芸術と言えば、これは芸術に生きたいという望みとその妨げの話で、これも結局ひきのばしてゆけば自殺にゆきつくだろう。よく生きようとする（即ちよく書こうとする。よく愛しようとする）・挫折・自殺という話になるわけだ。それの様々なヴァリエーションだ。

けれど、その生き方からはさっき書いたあの数人の女傑共ともう一歩だのにという惜しさを感じさせる。彼女等のようになる素質は十分あったのにその素質を、罪深いとか何とかいう愚かしい考え方でぶち切って了ったという残念さを感じさせる。

罪深い女という考え方はどこから来たのか。「幾度目かの最期」という作品（自殺の早朝書き終った百枚近いもの）の中で、彼女はしきりと自分の罪深さを叫び立てているが、そいつは悲しいかな通俗道徳にすぎないのである。結婚しても良いとは思うが全然セックスの感じられない男、セックスそのままの男であるが妻子があり、それと別れて結婚する筈のない男、恋情をこちらも感じ、相手もそうである若い男、その三人の間で自分のほんとの生き方を求めてうろうろすることが、何の罪深いことがあるものか。わたしが久坂葉子にたった一つむかっ腹を立てるのは、この罪深いという考えに最後に足をからまれたということなのである。

アグネス・スメドレーも、エズランダ・ロウブスンもこうした所で決して足をとられていない。アグネスの『女一人大地を行く』やパール・バックの『黙ってはいられない』の中のエズランダ・ロウブスンの言葉を久坂葉子によませてやりたかった。そこで彼女達は久坂葉子のように、めそめそとしてはいないのだ。それは人種によるというよりは、何か論理の訓練の差なのだろう。そして又、人生体験の差なのだろう。その人がそれに値する人なら、生活力の猛烈な人なら、烈しく人生を生きる人なら、その人は折々猛烈に自殺の欲望を持つ。皮肉なことだが、そうなる。けれど、自殺の欲望の激しさが生きる欲望の激しさに裏打ちされている人なら、そこで死んではならない。鶴見俊輔が、何故ああした状態の時、周囲の者が精神病院へ入れて睡眠療法でもやらせなかったのかと憤慨したが、この憤慨は最も具体的であり、最も賢明であるに違いない。けれども日本の今、名門はそのように名誉にかかわることをやらないであろう。

そこで死ななければ、アグネス・スメドレーの、エズランダ・ロウブスンの、丁玲の方向がひらけていたとは簡単に言えることではない。けれど、久坂葉子の数々の可能性の中にそうしたものも含まれていたとわたしは感じた。久坂の一九五二年（最後の年）はわたしに『シャーフェイ女史の日記』を書いた丁玲の一時期と似通ったものを感ぜしめる。そして、久坂葉子の小説や日記の中に、不熟な形であるにしても誠実に展開されている恋愛論は、女の自由がいつも正面に出て来ている点で、アグネスやエズランダの議論にまで鍛え上げられる素材としての価値は十分に認められると思う。ただ、久坂葉子の自由を求める生き方は、アグネスやエズランダとくらべると、問題なく不徹底であり、体験や知性や気力の不足が感じられる。日本の教養といったものの弱さが感じられる。

久坂葉子は山手高女を中途退学し、相愛女専を中途退学した。山手高女の卒業証書はあるのだが、そのことに彼女は名門であるものに対する差別待遇を感じて憤激している。父が、今の言葉で言えばＰＴＡの会長でなければ卒業証書が来る筈はなかったと考えるのだ。名門の特権めいたものに対する世の中の迎合的取扱に彼女は憤怒を感じる。同じく中途退学した名門でない人には卒業証書は来ていないんだと彼女は言う。こうした名門の特権に対する拒否は、気をつけて見てゆけば彼女の生涯、彼女の一つの態度となっていることが認められる。彼女は自分の力のみでものをやろうという自立心が強く、自分の家から来る特権的利得から遠ざかろうと努めている。一個の久坂葉子という女として人に対し、人からも対されたいという望み、これは何としても良い性質と考えないわけにはいかぬ。特権的利得の問題はパール・バックとエズランダ・ロウブスンとの間で鋭く論争されているが、その時のパール・バックのつらさとすれすれのところに、久坂葉子も又いたということさえ言えるだろう。『黙ってはいられない』というあの本を彼女に読ませてみたかったと思うことに理由はあるのである。

久坂葉子は終戦後の、自分の家の「斜陽」的雰囲気にくさくさして、自分勝手に仕事を見つける。彼女からわたしが聞いた所でも、福神漬の行商、洋菓子の小ブローカー、ネクタイの染色、高級喫茶店の女給仕（このころから彼女は久坂葉子という名で小説を書きはじめた）、化粧品会社の宣伝部嘱託、民間放送局嘱託などがある。彼女は家を出て独立の生活を行ったことがなかったから、小遣かせぎという言葉で片付けることも出来る。彼女の自殺の原因について、「つまり生活難だったのだ。月に何万円かのこづかいがあれば死ななかったのさ」という皮肉な批評が、同じ雑誌の同人によって書かれたのも、そういうところから来るのだろう。けれど、小島輝正の使った生活難という文字は満更悪くはないのであると、今ではわたしは思う。それはやはり生活難だったのかも知れない。生活難という以上そこに生活は確然とあったのである。ただそれは、月何万円かのこづかいで死なずにすむような種類の生活難であったかどうか疑問である。むしろそういう種類の生活難は、あってくれた方が彼女自身のために好都合であったろうとわたしは考える。そして自分一人が生きゆく位の金をかせぎ出す位の能力は彼女は持っていたのである。

久坂葉子の生活難はシャーフェィ女史の生活難と同じことなのである。「華々しき瞬間」と『シャーフェイ女史の日記』をよみくらべて見ても、幾分それを摑むことは出来る。けれど丁玲はそれを書いて死なず、久坂葉子は死んだ。それは自分の生活難に敵対したか、溺れたかのちがいであろう。

こうした「魂の生活難」は今の一切の若い女、何かをやりとげようとし、よく生きようとし、よく愛しようとし、自由を求めている若い女性のすべてが抱いている生活難だと思う。そうでなければ、久坂葉子の選集を出版してみたって仕方ないではないか。

丁玲は生活難をぶっつぶしにかかっている。アグネス・スメドレーはぶっつぶす考え方を『女一人大地を行く』の中に、殊に男とか結婚とかの考え方の中に書き記している。エズランダ・ロウブスンとパール・バックはその方法の点で一致した意見を出している。

以上のような考えが、久坂葉子の自殺の後、段々わたしの中で形をとって来た。それは全く偶然のように、丁玲作品集をよんでいて久坂葉子につき当り、アグネス・スメドレーの『女一人大地を行く』をよんでいて久坂葉子につき当り、鶴見和子の『パール・バック』をよんでいて久坂葉子につき当り、パール・バックの『黙ってはいられない』をよんでいて、エズランダ・ロウブスンの中で久坂葉子につき当たるというような形のつき当り方だった。結局久坂葉子が不徹底さのために、自分の敵である筈の考え方に最後で心の弱りから屈したための自殺によって、発展させ得なかったものを、丁玲の中に、アグネスの中に、エズランダの中に見たということなのである。そして発展させ得なかったものを見たという以上、それは発展させることが、生きてさえおれば或いはあったかも知れぬというそんな貴重な資質を久坂葉子の中に見たということでもある。

しかし言い足しておかねばならないが、そうした久坂葉子像は、ほとんどが、彼女の文章をよんで、彼女の自殺の後にわたしの中で組み立てられて行ったものだということだ。

生きている中にわたしが接触した久坂葉子は、ものすごく美人であったり、ものすごく汚なかったり、十六、七歳の娘にみえたり、三十歳位の落着いた女性にみえたりした寛容な感じの楽しい人であったと言えばいいのだろう。彼女の声はアルトで、聞いていると気持がおだやかになれた。大変親切で、周囲の才能のある若い人の将来を心配してよく世話したことと、人の陰口をきかなかったことなどから、わたしは彼女が好きであった。

久坂葉子の略伝を先ず記しておこう。

一九三一年（昭和六）三月二十七日、神戸市に生れた。諏訪山小学校・山手高女を経、相愛女専音楽部を一九四八年（昭和二三）中退。一九四九年（昭和二四）九月、神戸の同人雑誌『ＶＩＫＩＮＧ』に、島尾敏雄の紹介で参加。一九五〇年（昭和二五）『作品』に発表した「ドミノのお告げ」そのもとの形は「落ちて行く世界」が芥川賞候補となって、人に知られる。一九五一年（昭和二六）二月『ＶＩＫＩＮＧ』脱退。10号から27号までの間この雑誌に、詩「月とものみ」「往んだ人」・小説「入梅」（10号）小説「四年のあいだのこと」（11号）小説「猫」（12号）詩「予言」・「父と娘」（13号）小説「晩照」（14号）小説「終熄」（15号）小説「落ちて行く世界」（17号）小説「愛撫」（18号）小説「宿雨の呟き」（20号）小説「月の夜」・「22号例会記」（23号）小説「灰色の記憶」（26号・27号）の、四篇の詩、十篇の小説、例会記一を発表した。『ＶＩＫＩＮＧ』脱退後、Ｎ化粧品会社嘱託、Ｎ民間放送会社嘱託となる。前者は詩人竹中郁、後者は作家京都伸夫の世話による。この間、神戸の新聞に主に執筆。一九五二年、一身上の理由で両社を退き、九州を失意のうちに旅行。自殺失敗後、病いを得て静養しているうちに神戸の現代演劇研究所創立に参加、大阪の同人雑誌『ＶＩＬＬＯＮ』

の創立に参加、あわせて同人雑誌『VIKING』に復帰。『VILLON』創刊号に小説「華々しき瞬間」(10月)を、『VIKING』に詩「古蘭よ」(42号)小説「ゆき子の話」(43号)小説「ふたつの花」(44号)小説「一年草」(45号)を発表。現代演劇研究所十二月公演のために「女達」を書く。同年十二月、自殺の決意を固めつつ、最後の仕事として戯曲「鋏と布と型」を完成、次いで十二月三十一日午前二時ごろ、小説「幾度目かの最期」を完成、同日午後九時四十五分ごろ京阪神急行六甲駅で三宮発梅田行特急電車に飛込、その命を断つ。トッパーとズボンという服装で遺書はなかったという。

道元を読む

どっち向きにも反抗的であるらしいわたしは信仰とか礼拝とかは苦手である。信頼というような気持はあっても、信仰というような気持はない。

関東大震災のあった後であったとしたら一寸面白いが、とにかくその頃、わたしは電柱の交換の後に捨てられてあった二尺ほどの電柱の切れっ端を拾って来て、墨で加藤清正の顔を書き、狭い二階の廊下の隅に立てて、一心にそれを拝んだ。拝んでいたら、その究極でパッと別世界へ自分が躍り出るか、何か不思議な自由自在の境地に入る予定になっていた。一念こめればそれはかなう、ただ祈れ！

あるいはそれは立川文庫の影響かも知れず、あるいはまた、わたしの大変愛していた毛の長い白い犬が自動車にはねられて死んだことで幼い無常感を触発したのかも知れぬ。

ただ祈りに祈った。何か段々暗いところへ沈みこんで行くような気持がして来た。これだと思った。ここを通り抜けねばならぬ。だが、それから先へどうしても進まぬ。そのうちに、何か自分の気が狂いそうな怪しさと恐怖とを覚えた。自由自在どころか、ばらばらになるかも知れぬ。わたしは目を開き、何かの中への沈潜からのがれた。

もう一息だったのにという自分へのジレッタさ、口惜しさ、と共に絶望に似た安堵をわたしは覚えた。加藤清正はどこかへ捨ててしまった。祈ったて、あかん。あるいは、おれは祈ったて、あかん。

わたしの曾祖母は弘法大師を絶対に信心していた。彼女は家族が病気になると、茶断ち塩断ちをしてナムダイシヘンジョウコンゴウ……と祈り、一回祈りおわるたびに、白紙に下手な手つきで横すじ一本をひく。こうして横すじは千にも万にもなる。もちろん、彼女は先になくなった夫が極楽の蓮のうてなの上で自分を待っていることを疑わなかったが、老いさらばえた果てに人に尿《しし》ばばの世話になって死ぬということを最もいやがっていた。死ぬ前に四国八十八ヵ所を巡礼することと、尿ばばとられずに死ぬことが彼女の望みであり、そのために彼女は何十年も仏壇の前で弘法大師に祈った。しかし、彼女は老衰し切っても心臓が頑健で、尻にただれが出来るぐらい寝たあげくでなくては死ねなかった。ししは垂れ流し、そしてばばの方は固く腸にこびりついて中々外へ出ず、苦しんだ。

女学校の一年生ぐらいだった妹が彼女の苦しみを慰めるつもりで、お婆ちゃんは信心したから必ず仏さまが極楽へ連れて行ってくれると言った。信心深いお婆ちゃんはキッとなって言った。神も仏もこの世の中にあるものか。わしがあんなに頼んでいるのに、こんな目に合わせる。神も仏もみんなウソじゃ。

死んでのち、彼女の風呂敷包みの中から、薄くなった視力をはげましながら、ブツブツと不細工に縫った八十八ヵ所詣りの手甲脚絆などが出て来た時、わたしは胸がつかえるほど何かに腹がたった。その腹立ちは今だってあるだろうし、一生きっとわたしの腹の底のどこかにわだかまっているだろう。

多分わたしは大変単純な人間なのだろうと思うが、この腹立ちのオリがずっと溜っているところへ、日本の戦前の歴史教育によって残っていた盲腸のようなささやかな神風期待も敗戦によって完全にぶっ飛ばされてしまったので、今や神仏の前で形だけでも礼拝することがひどく苦痛であり、そのため人の婚礼も葬式もほとんど絶対的に出ることが出来ず、その余波としてほとんどの式や会に出ることさえ腸の具合が悪くなる有様だ。

けれどわたしは道元の書いたものを読むことが好きであった（道元の思想を研究していたとか、禅に志したというような点は少しもなくて、道元の文章を享楽していたのだろう）。そして又、二十年近く振りに今それを引っぱり出して読んで見ても一種の爽快さと、一種の困惑と、一種の尊敬とを感じることは同じだ。しかし、昔とちがっているのは、道元の書いていることの立派さ、その清らかな緊張を感じれば感じるだけに、一種の無常感を宗教というものに対して感じる。どんな立派な宗教も流れに浮ぶ水の泡のごときものだという感じだ。美しいものは汚れ果てる。緊張に頂点があれば必ずその後にそれはゆるむ。清らかなものが清らかなままに永遠の感じを抱き得るのは短いのは一瞬、長くて一生か二生。そういうことをひしひしと感じさせられる。

道元から見れば外道の知見ということにしかなるまい。けれど、それはそれで良いので、わたしは美しい自然や、美しい詩や、美しい音楽に接するような気持で道元の文章を読むだけだ。ひどく難解なために退屈するところがあるのは、道心もなく、坐禅修業をする気もなく、仏経などさほど読んだこともないわたしにとってはかねて覚悟のことで、あちこちすっとばしながら目をさらしている内に、ひどく純粋な感動を受けるところに突き当ればわたしは幸福なわけである。

生死をはなれ仏となる、たれの人かこころにとどこほるべき。仏になるにいとやすきみちあり、もろもろの悪をつくらず、生死に著するこころなく、一切衆生のために、あはれみふかくして、かみをうやまひ、しもをあはれみ、よろづをいとふこころなく、ねがふところなく、心におもふことなくうれふることなき、これを仏となづく、またほかにたづぬることなかれ。（正法眼蔵生死）

この「またほかにたづぬることなかれ」というところに、わたしの感動するところがあるが、何故感動するのやら言いようはない。むしろ、言おうと努力するよりはこの感動がやさしい語調の詩となって形をとればいいと思う。そのような感動の仕方だ。ひたすら気持がなごむのである。

先師古仏云「本来面目無生死、春在梅華入画図」春を画図するに、楊梅桃李を画すべからず、まさに春を画すべし。楊梅桃李を画するは、楊梅桃李を画するなり。いまだ春を画せるにあらず、春を画せざるべきにあらず。（正法眼蔵梅華）

画というのは必らずしも絵を画くことに限るまい。詩人、音楽家すべて、この文章に感動し、また、ふと判らなくなることがあるのではあるまいか。読むたびにややこしくなるが、いつも読みたくなる気がかりな文章だ。その気がかりは「正法眼蔵画餅」において、もっとも複雑にいつもわたしを引っかき廻し、また精神をねじくり廻されるような感じの感動を与える。

古仏言、「画餅不充飢」（中略）餅を画する丹臒は、山水を画する丹臒とひとしかるべし。いはゆる山水を画するには青丹をもちゐる、画餅を画するには米麺をもちゐる、恁麼なるゆゑにその所用おなじく、功夫ひとしきなり。しかあればすなはちいま道著する画餅といふは、一切の糊餅菜餅乳餅焼餅糍餅等、みなこれ画図より現成するなり。しるべし画等餅等法等なり。このゆゑにいま現成するところの諸餅、ともに画餅なり。このほかに画餅をもとむるには、つひにいまだ相逢せず未拈出なり。一時現なりといへども、一時不現なり。しかあれども老少の相にあらず、去来の跡にあらざるなり。しかあるに這頭に画餅国土あらはれ成立するなり。不充飢といふは、飢は十二時使にあらざれども、画餅に相見する便宜あらず、画餅を喫著するに飢をやむる功なし。飢に相待せらるる餅なし、餅に相待せらるる餅あらざるがゆゑに、活計つたはれず、家風つたはれず。飢も一条拄杖なり。横担竪担千変万化なり。餅も一身心現なり。青黄赤白長短方円なり。いま山水を画するには青緑丹朧をもちゐ、奇巌怪石をもちゐ、七宝四宝をもちゐる、餅を画する経営もまたかくのごとし。人を画するには四大五蘊をもちゐる、仏を画するには泥龕土塊をもちゐるのみにあらず、三十二相をもちゐる、一茎艸をもちゐる、三祇百刧の薫修をもちゐる。かくのごとくして一軸の画仏を図しきたれるがゆゑに、一切諸仏はみな画仏なり、一切画仏は、みな諸仏なり、画仏と画餅と検点すべし。いづれか石烏亀、いづれか鉄拄杖なる。いづれか色法、いづれか心法なると審細に功夫参学すべきなり。恁麼功夫するとき生死去来は、ことごとく画図なり、無上菩提すなはち画図なり、およそ法界虚空、いづれも画図にあらざるなし。

古仏言「道成白雪千扁去、画得青山数軸来」これ大悟話なり、弁道功夫の現成せし道底なり。しかあれば得道の正当恁麼時は、青山白雪を数軸とうなづく、画図しきたれるなり。一動一静、しかしながら画図にあらざるなし、われらがいまの功夫ただ画よりゑたるなり。十号三明、これ一軸の画なり、根力覚道これ一軸の画なり。もし画は実《じつ》にあらずといはば、万法みな実にあらず。万法みな実にあらずば仏法も実にあらず。仏法もし実なるには、画餅すなはち実なるべし。（正法眼蔵画餅）

道元の文章の中で、一つの言葉は使用されている内に実に多くの画に向って輝いて展開する。その輝きの交叉のなかから浮び上ってくるものを感じることが好きだからわたしは時々道元を読みたくなるのだろうと思う。思いはするが必らずしもその本を開かず、その輝きの交叉を頭に思い浮かべていい気持でいるだけで済ますことが多いのは、年齢的億劫さだけとはいえない気がする。道元が特にそこで展開してくれる言葉はこの上もなく透きとおって、感受しやすいが、そこに援用する他の仏教語は、わたしはそんな面倒なことはやる気がないが、たとえ仏教語の辞典でしらべて見たって難解にとどまるだろうからだ。道元のかいた文章の一切を、互に輝らし合わせ交叉させることによって、一つ一つの文章が完全に透明になるだろうという風には思える。しかしそれには坐禅、作務、その他一切、洗面から飯のくい方、便所への入り方、そのあとでの手の洗い方に至るまでの道元の綿密すぎるほどのあの手引きをそのまま実行することも必要であると思われる。戦争中に書かれた橋田邦彦文相や田辺元博士の道元についての文章がはなはだ透明でないように思えたのは、この実行の点から来るものも多かったのではないか。そしてわたしの生活はまあ道元の教えとは程遠いし、また、道元の教えに密着して行こうという気もない。エレベーターのある永平寺へ行って座禅をしようという気もなければ、家でそうしようという気もない。その癖、そうした作法や言葉づかいについて書かれた道元の文章を読むのは又格別のわたしの楽しみであり、しばらくはわたしの魂の中の行儀に影響を与える。茶人づれの書いたその種の文章とは本質的にちがうものが道元のそれにはある。

一つの言葉が次々に新しい面を現しながら、展望を広く深く組み上げてゆく有様は、わたしに何か一つの透明で巨大な詩が現われてくるような感じを与える。その論法のスピードの緩急の良さがどうして現代日本の評論のやり方にこれが取り入れられて生かされないかいつも不思議である。

道元の文章の処々で爽かな感動を受け、それを享楽するというが、そう気楽にばかりしておれぬ峻烈なところの方が多い。折々、はらわたをひんねじまげられるような文章に出くわす。花田清輝にもそのようなところがないでもないが、花田のはまだしも波長の短いような点があって予め用心出来る場合があるが、道元のは悠々として、誤った論理を実に正しい論理であるかのように納得させながらクライマックスへ導き、なるほどこれこそ真実であるとこっちが信じ切ったところで、この考えこそ大いな誤りであると、こっちの心も頭も地べたへぶっつけるのだ。

ここらあたりで、わたしは頭がぐらぐらし、体に汗をびっしょりかいている。もうこの上、わたしに書くことはないようである。わたしは一生の折々に道元を読むことがあるであろうが、今より以上に進んで道元をより多く理解するというようなことはありそうにない。黒山鬼窟裏に活計を作すとかいう言葉があるが、黒山鬼窟裏にあがき倒した青年時のあとに、黒山鬼窟裏にあって茫然と腰をぬかしたままの時期にわたしはあるようである。茫然としてわたしは俗事を考える。その一つは、日本の現代文学の作家に僧侶、僧侶の息子、在家の僧侶の息子などが割合多くおり、その者たちは読者への説法においてひどく優秀であり、また良くカオスのごときものを内に蔵していることが多いが、その殆んどは浄土真宗より出ており、禅宗より出ておるそれが有るように思えない不思議さである。道元の文章を読んでいても、その感動させるもの、刺戟してくるものの質が詩に近くて、小説に実に程遠い感じがしてならない。それは何によるものだろうか。

その第二に、漠然とした知識であるが、近頃、禅宗においても選挙で祖師を定め、又、それが人間の自然であるということから妻帯を認める。のみならず、茶屋で酒をくらい、女を抱き、事業を起し、雇女の尻を撫でるのを楽しみとし、修業とする名僧がいるという話である。どうも事実らしいが、それと道元の文章とがわたしにはどうしても一つに結びつくことが出来ない。そのような僧侶でも僧侶は僧侶として、仏教のために敬えという風に仏教に徹した発言も道元の文章のどこかで読んだように思うが、仏教のために尻撫で名僧を敬重するには、仏教のみならずあらゆる宗教にわたしはもはや風馬牛すぎる。あらゆる宗教がすべて、そのどこかにその宗教一箇で全世界を蔽い尽す能力と使命を感じているらしいのだが、時にわたしにはそれがウルサすぎる気がしないでもない。道元と同時代に、日蓮も、法然も、親鸞もいたように思われるが、彼らのそれぞれ説くところを一時に聞くことが出来たら、その人間には忽ち四分五裂に全世界の涯に向って拡散してしまうのではなかろうか。

わたしは道元を読んで、実は道元の文章の中の詩を一、二、つまんでいるのにすぎないようだ。道元の散文に詩が含まれているほどには、彼の作った歌には詩がない。散文に於いて詩的であり、歌に於いてはなはだ散文的だったという感じの上に、ある形のいい冷たそうな受け口の切れ長の三角まなこの道元の容貌が重なってくると、全く奇々怪々な奥知れぬ魅力を感じずにいられない。難解晦渋なこの魅力も、案外幼いころから仏教の中で育った寺の子にとってはもっと素直に受けとれるのかも知れない。しかし、わたしは寺に生れかわってくる訳には行かぬようだ。

呆然感想

去年、京都のある女子大に講演というものに引っ張り出されて、三十分ほど喋ったら、招待席の男子大学生に、あんたには思想がないときめつけられた。なるほど、自ら考えてみても、わたしには思想があるのやらないのやら判らない。折々の感想はあるが、感想と思想では少しちがいがありそうである。

一日中、池の水につかって、一向に表情をかえぬ蛙にだって、感想はありそうである。しかし、蛙の思想というものは想像がつかない。犬にも感想はありそうだが、思想というものはなさそうに思える。人間には感想も思想もあるので人間の値打ちがあるらしく、そうなると、あなたには思想がないと決めつけられたわたしなど、人間の値打ちに於いて大分欠けるところがあるようである。といって、そしたらその男子大学生にはどのような思想があるのか、思想について割と漠然とした気持しか持っていないわたしは、それを逆に質問することをつい忘れた。もっとも質問して答えてもらったところで、わたしにはひどく耳遠く難解なものであったろうことは疑いないように思われる。

どうも、そのようなわたしが「現代の眼」のようなムツカシイ雑誌に文章をかくことは場ちがいのような気がしてならない。別事ながらこのムツカシイという言葉はあくまでもムツカシイと印刷してもらいたいので、ムズカシイと印刷してほしくはない。大体、大抵の場合、ムツカシイと書いておいても、ムズカシイと印刷されている。わたしはムツカシイという音で考えているので、ムズカシイという音では考えないのだから、ムズカシイと印刷されると、なぶられたような不快な感じがする。これが感想であって、そのような感想なら沢山もち合わせており、ふえて行く一方だ。

何やら、東京に対する上方の特徴を交友関係の中から浮きぼりにせよというような註文もあったような気もするが、東京では、花も嵐も踏みこえて行くが男の生きる道というのがよく似合い、京都では、おれは河原の枯すすき同じお前も枯すすきというのがよく似合うなどという茫然たる感想があるばかりである。人もいろいろあって、東京でも、おれは河原のかれすすきと発想する人もいるだろうが、どこかで、それが男の生きる道にくっつきそうだし、京都でも花も嵐もふみこえてが発想としてあるだろうが（思ってみればこれは京都の景色であった。もっともふみこえては京都の気分ではないようだ）そのあとに同じお前も枯すすきがどこかでくっついて来そうな気がする。もっとも、わたしは神戸で育ち京都で学び大阪で暮らしと、うろうろしていたが、どこの有名な祭にも一向にアンガージェしなかった人間なので、つまりどこともよそ者であったわけで、いまだに、京都人間、大阪人間、神戸人間が少しわかりにくい点もあり、面白い点もある。京都・大阪・神戸人間たちからすれば逆にわたしのような混合人間はわけが判りにくいかも知れない。目下、面白がり最中で、まだ煮えつまってもおらぬものを、大事なつき合い仲間の実名や実状をひっぱり出して、つき合いにまずい点を生じてもつまらないと思う位の知恵は混合人間にもある。あほなことをして、面白い相手に逃げられてもつまらない。面白い相手をお互にひそかに面白がり合いながら、知らん顔で、ここのみに平等があり連帯があるような顔もして、おれは河原の枯すすき同じお前も枯すすきとやっているのは、大した楽しみではないが、たしかに小さな楽しみではある。

混合人間はちかごろ、不如意なことに忙しくて、人を集めての雑談もままならず、耳学問もストップで、テレビ大学も、新聞大学もよく欠席し、自らを室にカン詰めしているので、余り考えていることがない。つまり空っぽである。いささか関心のあるのは犬の問題である。それから鼠の問題だ。これはテレビでも見たし、新聞でも読んだ。それから螢の問題、それに関連してわたしの言葉でいうと殺し農業の問題。いやはや、人間は一つのことに集中しているつもりでも、何やかやと変なことを考えているものである。ここに日韓会談やら、ヴェトナム問題が出てこないのは、残念ながらわたしに想像力の欠除したところもあり、又、色々の報告書をよんでみても、わたしの中でそれが十分の価値をもち得ないというより、十分の価値をもち得るように読み深くよむ準備も材料ももっていないことだ。とはいうものの、わたしは場ちがいのくせにそれから逃げ出せぬ場合にしばしばぶち当るようだ。どうにもならないことだ。

犬のことを思っている、鼠のことを思っているというのは、食い物として思っているので、鄭板橋という明末清初の頃の中国の画家が犬の肉をはなはだ好んだことと、近頃日本の団地や別荘地にやたらに野良犬がふえ、又、冷暖房の完備したビル街の地下街にやたらに大きい鼠がふえて人を難儀させていることとを、あわせて考えるからである。日本人に、犬の肉を鄭板橋のごとく好んで食う食生活の習慣があり、鼠のバーベキューをひどく好む食生活の習慣があれば、きっと、野良犬や鼠に今程は悩まされておるまい。食うということは、そのものの存在をなくしてしまう一番手っとり早い方法で、牛蛙を一匹つれこんだために、わたしの室の前の小池にいた小さい土蛙は一月ぐらいの間に、みな姿を消してしまった。そして牛蛙はおどろくほど早く大きくなって行った。しかし、牛蛙は沢山いる殿様蛙の方には余り食欲を感じないらしく、また殿様蛙は昆虫専門で土蛙を食ってやろうという気はないらしかった。

六甲山の住宅地にやたらにふえ、野鳥や野獣にやたらと被害を与え、人間にも吼えかかるという野良犬も、まだ人間を食ってやろうという発想は起していないらしく、人間が嚙み殺されて、食べられたという報道はない。しかし野良犬の中の頭領のどいつかが、突如そうした発想をしたら、これは大変なことになるだろう。その逆に、六甲山の住宅地の住民が、野良犬の姿を見て生つばをのみこむといった風に、犬を食いたく思うように変化すれば、造作もなく野良犬は姿を消すだろう。これは鼠についても同じで、猛烈な食欲というものは銃や毒薬やわなの及びもつかぬ位おそろしいものであろう。そのような食欲の上にくっついている首の眼玉から発する光は必らず野良犬や鼠を射すくめてしまい、棍棒一本で彼らを打ち倒すことが出来、しかもその死体の処理にこまるということはない。現在は銃友会などといった風のハンターたちが時々、野良犬をうつらしいが、余り殺せぬらしく、第一猟犬を使うにしても、その猟犬にすれば、猪や兎や山鳥相手では狩る気持が生まれようが、犬相手では少し気持のはっきりしないところが出てくるだろう。そして、猟犬という助手なしでは、逃げまくる人ずれした野犬を、そうそううまく射殺することはむつかしかろう。射殺するハンター自身にしても、助手の猟犬の同族である犬をうつことは、いかに野良犬でも幾分気のりうすにならざるを得ないのではあるまいか。しかし、そこに食欲があれば、気のりもくそもあったものではない。人間が人間を殺したり、人間が人間を食うことはどうもいけないことのような感じがするが、人間が人間以外のものを殺しても、それが人間に害をするからという場合は別として、それを食うためであったら、余りいけながって見ても仕方がなさそうである。しかし、その肉はよろこんで食うくせに、その肉を食うための第一の段階である殺すことにたずさわる人々に対して、どうも大抵の人は厭な感じを持っているみたいだ。それは実に不思議でならない。そのくせ、人間が人間を殺すことに対して人々は奇妙に寛容であるような気がする。宗教もまた寛容のようだ。背に腹はかえられぬからだろうか。それとも強いことに対するあこがれの根深さのためだろうか。食えるものが周囲にごろごろあるのに、その中で飢死してみたり、食いものの種類のちがいから殺し合ってみたり、人間のすることも、わけの判らぬことが多い。

夏のはじめ、京都のある団体が、御苦労にもよそから螢をもって来て、鴨川で放し、鴨川をきれいにする運動のアドバルンにした。小学生に昆虫採集を夏休みの宿題として課し、都会の小学生はデパートへ買いに行くという馬鹿馬鹿しいことがいまだに改まらぬらしいが、それと共に、都会の小学校に螢を送るという馬鹿らしいことも、これも毎年新聞にまるで善行みたいにのり、新聞も相当馬鹿なところがあるなあと溜息が出る。この鴨川で螢を放した事件も、事件だし、報道も、報道だと馬鹿馬鹿しかった。螢が育つだけの清流にしてから螢を放してやればいいのに、どぶ川同然の鴨川で螢を野垂れ死にさせて何がすばらしいのだろう。物の順序が逆みたいな気がする。何と無用な殺害をすることだろう。
わたしの住んでいる田舎でもめっきり螢は減ってしまった。十年程前では、家の前の竹藪に螢がすごいほど飛んでいて、雨の降っている夜など、雨にぬれた竹の幹にその光が反射して、息をのむような思いだったが、今は、あ、螢がとんでるなどと珍らしがる次第になってしまった。御多聞にもれず農薬ホリドールの使用のためである。ホリドールは農作物の生産量を大いにふやすことになるらしいが、何か使いはじめた頃からむしがすかない。収穫が多いか知れないが、殺しているものも随分ある。ひそかに人間も大分殺しているような気がしてならぬので、わたしは殺し農業と腹の中で悪口している。わたしが悪口したところで何の力もない。何の力もないものが、文句をつけているのは何とも味気ないものである。ナスビを出荷する際、ホリドールの薄い液で洗うと、いいつやが出るということをどこかで聞いて以来、ナスビに対して、その他の野菜、果実のつやのいいのに対して、何となく恐怖をいだいている。蛇は口の端がただれる病気で死ぬというが、人間は知恵を使って段々自分を殺しつつあるのだろう。

わたしは日本の割と富裕な田舎の竹藪の中の傾いた家の中から、世間というものをのぞきうかがっているわけである。世間はもちろんここまで通ってくる。中学生の初恋小説を連載で書かぬかとか、映画随想を書けとか。書ける筈がない。初恋というものにわたしは一向に同情的でなく、映画演劇のたぐいをわたしはここ数年来、見たことがない。出て行って何かをするということが億劫千万なのである。それに暗い室にじっと座っていることがきらいで、夜の街を歩くことがきらい。うまいものを食べ歩いてみようという甲斐性がなく、旅行してみようかという気もない。そのくせ、うまいものに興味がないかといえば興味があり、ちがった土地に興味がないかといえば興味はある。しかし、その興味がいわば書斎派的なのであろう、その機会があれば、本でよみ、雑誌でよみ、新聞でよみ、グラフで眺め、テレビで眺める。読んだり、見たりでは駄目だ、体験しなくては何も判らない。これは自分でも思い、人もそう言ってくれるが、さてとなると、プロ野球のナイターを見にさえ出掛けない。テレビ専門で見ているから、内野からファストへ送られた球を受けてアウトにしたファストが、思いもかけぬ一塁側ダッグアウト方向に送球するわけが、随分ながい間わからなかった。キャッチャーが一塁のカバーにそこまで走っているのだ。それに球を廻しているのだということに気付くまでに何年かかかった。馬鹿馬鹿しくて仕方がない。だが、そんな馬鹿馬鹿しさはわたしの生活にごろごろしていて、気にしてもきりがない。そこで大体はあきらめているらしいのである。しかも、あきらめているのだぞという自覚症状が自分にはない。たまには大いに憤激している気がする。気にくわぬことは世の中に一杯あり、ふえる一方だという気がする。その一方、自分は生まれて来た時から、この世が気に入らなかったのではないかという気がして、とっぱなから気に入らぬ世の中に、五十何才になって精神の柔軟性がへってくれば、気に入らぬことがいくらでもふえるのは当然のことで、大久保彦左衛門みたいに老人性ヒステリーを起し、猛烈に行動してもはじまらぬ。といって、そこまで考えているかというと、どうも怪しい。余り考えていない気がする。おれの頭は相当カラッポで、単純な二、三の思想か、あるいは行動上の好みといったものしかないのではあるまいかと思われる。その方が当っていよう。おれはああだ、こうだ、おれはああした、こうしたと言うことが何事であろうか。また、彼と彼女とが、ああした、こうしたということが何事であろうか。おかげさんで、テレビでドラマをほとんど見ていない。最近、たのしかったのは、モンテーニュを読んだ時だった。しかし、モンテーニュのエセーなるものにも、おれがああだ、こうだが充満している。しかも、それがやたらに自慢話になるとうんざりしもするが、とにかく面白くよめたとこから見ると、このわたしにだって、おれがああだ、こうだとつまらぬ私事を書き並べても、人が読んでくれてもかまわぬ場合だってなくはないかも知れないし、彼と彼女とがああだ、こうだと書いても人が読むかも知れない。だが、人間の彼と彼女との精神について、わたしはいつの間にやら甚だ冷淡になってしまっていて、余り精神のひだのなさそうな下等動物のやっていることの方に心が向くようである。あるいはわたしの心臓はむちゃくちゃに弱すぎて、自分に近いところのある、人間たちのあれこれのいざこざ、怒りや悩みや苦しみや幸福にたえかねるのかも知れない。そういうものを、うまい筆で尖鋭に磨き立てて、ぐさっと、またはギリギリと、こっちの心臓へつき立てられてはたまらないから、尖鋭ならぬ下等動物の方に目が行っているのかも知れない。それでなくては心臓の衛生にわるいというのなら、これは仕方のないことであろう。保守反動ではないにしても、事なかれ主義の不動、いや行動節約であるかも知れない。小田実みたいに世界をとび歩いてやり合う人間や、開高健みたいに日の丸の旗をもってベトナムへ出掛ける人間などをみると、わたしはびっくりする。何でもびっくりするのだ。谷崎潤一郎や川端康成や円地文子にもびっくりする。この方は不気味で敬遠気味である。動物でも人間でも年老って元気なのは気味が悪い。わが家に三郎という老犬が先々月までいた。老犬になるにつれて、自転車、オートバイ、自動車などを、ついすぐそばに来るまでよけなくなった。バス通りはダンプカーの往来がまし、近所の農家は土地ブームのために、畑行きトラック、遊び用自家用車を揃えているものが多く、交通事故がひんぴんと起る。にもかかわらず、昔の人力車夫のように脚が短かくてがにまたで、喧嘩早くて、顔や横腹に傷跡だらけの彼は、バス通りでも、車を中々避けない。彼は相手がゆずるのが当然と思っている。この点、人間の年古ったものとよく似ていた。だから、バス通りまでついてこさせぬように、バスに乗りに行く時はひっくくって家においておくようにした。肉好き、カレー好きの彼が、段々花ガツオ好きになって行くにつれて、彼は老眼みたいな顔付きになって来た。犬に老眼があるかどうか、わたしは知らない。また蛙が睡眠しているのはどんな顔か知らない。とにかく、食事の好みが幼年のころにかえって行くのは、人間も犬も同様と見られた。そのように人間と似ていて、もっと単純になっている下等動物を見ていると、人間が直線的に表現されているようで面白い。三郎は老年になると気まぐれになり、吼えそうな人間に対して吼えず、何の不審もなさそうな人間に吼え、ずぼらで得手勝手になっておった。気の判らぬところも出て来た。

けれど、蛙や犬より、人間の方が、ゆっくり考えて見ると興味がある。こんなことを書くと人間から叱られるか。だが、今のところ何やら欲が減少しているようなので、自ら進んで人間を見に行くようなことがないだけである。来る人間は見る。それが世間をはこんで来る。電話がかかる。そこからも世間が入りこんで来る。今いそがしいから、又にしてんかと言われるのをおそれる人間は、しゃにむに用事をつくり、電話をかけずに、いわば電撃してくる。電撃して来る者には電撃して来なくてはならぬ事情があるから、今更門戸をとざしても何にもならない。例年になく、いささか時間と精力が惜しいような事情があっても、その事情より、電撃者自身の感じている電撃事情の方がこと重大であるのにちがいはない。借金などしに来る人間はほぼいない。

ここまで書いて、書くのが厭になっている。全く、書くことがなく、これまで書いたところにしても、世に有用のことは何もあるまいと思われるからだ。「シャクの種」という連載コラムが或る新聞にあって、今は完結してしまっているが、シャクの種があればこそ評論というものも成立する。しかし、シャクの種がありすぎて、今更、一つ二つのシャクも起しかねるという状況では、もはや評論も成立しかねるというのが本当だろう。そういう場合は、シャクの種がありすぎるともうシャクも起りかねて、全身シャク的になり、何も言うことがなくなる、というよりは言えなくなる。あほらしいことを言っているより仕方がない。ホー・チ・ミンの顔の方が、ジョンソンの顔より信用出来る外貌であるとか、アメリカは何故よその国へ、たのまれもせぬのに警察官面して入りこむのだろうかとか、まことに平凡で、誰でも言えることとしか言えなくなる。一体それが何になるのか。

テレビで、北ベトナム兵か、ベトコンか、今はちょっと曖昧になって来ているが、とにかくベレーを冠り、銃を肩に横たえてひっかけ、足にゴムサンダルをはいた、ハイティーン位の兵隊を映したのを見たことがあるが、楊子江北岸で見た新四軍の若い兵隊を思い出してなつかしかった。生々としているところ、楽しそうなところ、身軽そうなところがそっくりであった。こんなハイティーンの連中が続々と出て来れば、或るベトコンの隊長が言っていたみたいに、一生戦争をつづけてもいいのだというような発言は、全く自然に出てくるだろう。これがよその国へ攻めこんでいる場合なら、一生戦争するとは、自然な発言としては出て来ず、何らかの思想のためにという風な気負った発言になるだろう。八紘一宇もデモクラシーも共産主義も、一歩侵略に足を踏み出せば、気負った発言にしかなり得ないのだろうと思われる。

テレビでその少年たちを見ていて尚思うのは、やはり顔がわれわれとよく似ていることから来る親しみであった。その親しみとくらべると、何十年スクリーンの上で親しいもののごとく感じ、今、テレビのいろいろなドラマの上でもそうであるアメリカ人、ヨーロッパ人への親しみが、直接的には少しうすれ、ベトコンがアメリカにやられる時より、アメリカがベトコンにやられた時の方が、正直なところ、いとも簡易にわたしの心はよろこぶようである。しかし、この気持を、皮膚の色、生活様式の近接その他から、すこぶる自然なものだと、余り考えすぎると、人種差別の問題に思わぬところで、打つかりそうな気がしないでもない。それはそうだろう、だからおれたち白人は黒人が白人をやっつけるより、白人が黒人をやっつける方が、事の善悪は別として、はなはだ容易に、はなはだ自然に快いのだと誰かがどこかで言いそうな気もする。それには何か論理の間違いがあると、人は必ずいうだろうし、わたし自身もそのような気がする。しかし、大抵のことが、動き出すと論理の小さなまちがいなど問題にせず、というよりはそれに乗っかかって、あるいはそれを大きい根拠にして動いて行っているような気がしないでもない。

というように、きれぎれのことを時に考え、時に忘れ、めしを食い、酒をのんで、ぼやりぼやりと生きているのだが、そのような感想を、ひとがジレッタク思わず、少々軽蔑せずに読みとおせたかどうか、わたしは知らない。

春団治と年上の女

春団治はその父の厄年（四十二歳）の時に生れたという説が一般に行われているが、実は母の四十二歳の年に生れたというのが真実で、また新春に生れたという通説もまちがいで、夏（八月四日）の生れである。末っ子だったというのは正しい。

春団治はその母ヒサの影響を非常に受け、五黄の寅という強い運勢の下に生れた自分は必ず出世する、出世せねばならんという信念をもっていたらしい。四十代から五十代にかけてのヒサが、藤吉といった春団治にその信念と勇猛心を叩きこんだ。この四十代から五十代の女というのが、春団治には一生、春団治を引立て、後押しする人物として現われて来たということを、その伝記を書きつつ、わたしは大変おもしろいことに思った。

フランスの諺か何かに、男はまず年上の女に愛されて世間を教えられなくては、一人前の男として成熟することはできない。世間を知るのは年上の女の愛によるのが最も適当であるという意味のことがあるそうだ。

とすると、近頃の怪し気な週刊誌などに、家庭教師を志す大学生の夢は、まずその家庭の美しい夫人（母）に愛され、その後、ようやく一人前に成長した生徒（娘）を手に入れて結婚することにあるなどと、大変ケシカラヌことを印刷してあるのを読んだことがあるが、これはそのフランスの諺の、はなはだ無精たらしい日本版であるのかも知れない。日本の大学生の書く小説によくこんなのが出て来る。しかしドンブリもので間に合わせようとは、進取の気性に少々欠けるところがあるようにも思われる。

ひところ、フランスの大統領だったか、首相だったか、有名な男が、人間は二度結婚するのがよい。まず年上の女と年下の男、そして年上の女がダメになると、その年下だった男が今度は若い女と結婚し、つまり相当年上の男と若い女の組となり、その次には年上の男がクタバって、年下の女が未亡人になり若い男と結婚するのがいいのだという説を出した。

つまり、わたしの生物学的知識にあやまりがなければ、これは少し形はことなるがカタツムリがもっと巧妙にやっている方式で、カタツムリは若い時はオスであり、年をとるとメスになるのだそうである。人間はこうまでうまく行かぬ。オスは一生オス、メスは一生メスなので、ヤモメになったり、未亡人になったり手間がかかる。

春団治は二度結婚した。しかし、彼の結婚は、若い女―年上の女の順で、以上の説とは逆に見える。しかし、これは戸籍上にあらわれる正式の結婚で、この若い女の前に、同棲していた年上の女お浜がおり、それは春団治より九つほど年上で、三十近くの春団治だったことを思うと、やはり四十がらみになる。若い女、最初の正式の妻トミはそのころ二十前であった。とすると、トミまでで、年上の女・若い女方式は完結することになるが、その後、春団治は四十歳の時、四十九歳の未亡人志うのところへ入り婿する。この志うは世間知を春団治にそそぎこむことはなかったが、おどろく程の大金をもっていて、それを春団治の人気、出世のためにそそぎこんだ。世間に有名な「後家ごろし」というあだながついたのはこの時である。

常識的にいえば、年上の女相手に我儘をいって甘えほうだいをやり、年下の女には甘えられほうだいになり勝ちなのが男というものだろう。ところが、春団治でふしぎなところは、年上の女相手の我儘も甘えほうだいの点がないことはないにしても、それに一種親孝行めいた従順な一面がくっついていることであり、年下（十二も）の妻トミに対しては甘えられほうだいどころか、離婚してからのちにも、何かというとやっかいをかけ、こちらの方から甘えほうだいというところがあった。

年上の女に対してひどく優しく、年下の女に対してやたらと得手勝手のところがある。しかもその得手勝手に、年下の女の生活力に対する信頼と甘えとが、混合しからみ合っているようなところがあって、年下の女から見れば一時は腹がたってたまらぬが、時がたつにつれて馬鹿々々しくなり、ついには許してしまうというようなところもあったわけである。

春団治は落語家だから、やはりお客の人気をとることが第一だが、それと同時に寄席の席主、興行師の引立てというものが必要である。浪花三友派時代、それにつづいての吉本興業部時代、春団治は二人の一種偉大な女席主・興行師の大きい引立てを受けた。原田ムメ、吉本セイの二人である。

春団治は浪花三友派の紅梅亭の前座時代、真打《しんう》ち連がすうどんを食べているのに、楽屋できつねうどんを食べているのを見つかり、前座の分際で潜上の沙汰だと、師匠の文団治に破門をくい、端席へとばされたことがあった。師匠連よりも上等のものを楽屋で食べて破門をくうというのはよくあることらしく、先代の金馬も何回かそれで破門をくったことを書いている。その端席にとばされた春団治を、何とか師匠にとりなして紅梅亭へ引きもどしたのが原田ムメで、そのころ彼女は五十代のはじめにあたると思われる。五十代の年上の女が、二十代の春団治に何か、興行師としてもひかれるものを感じたわけだが、人柄としても彼女の心をくすぐるものがあったのであろう。

紅梅亭時代、春団治は何かというと仲間の音頭とりをして、席主の原田側に反抗ばかりしていたようだが、結局は原田ムメの次々の引立てをこうむっている。このあたり、四十代、五十代のずっと年のはなれた母ヒサに対して自然習得したものが、生きて働いていたような気がしてならない。

今の四十代、五十代の婦人は若くて、どうかすれば明治大正時代の三十代の婦人より若やいでいるところがあるから、ばばあとはどうしてもいいにくいが、明治大正なら安心してばばあといっていいような点がある。その意味において、春団治は天性のばばあ殺しの魅力をもっていた訳である。

原田ムメの死後、吉本興業部は春団治の大借金を肩代りしてやり、その上、おそろしいほどの月給で彼を引きぬいたが、吉本せいもまた春団治を大いに抜擢して用いた。彼女が特に目をかけたのは春団治、広沢虎造、伊丹秀子だったという。にもかかわらず、春団治は吉本せいに対しても、原田ムメに対してそうであったごとく、大いにさからい、大いに迷惑をかけ、大いに怒らせるようなことをくりかえしている。それは吉本せいの三十代後半より、四十代後半にわたる年ごろのことである。

春団治の母ヒサは勝気な女で、才能のないとろとろしている人間が大きらいであったらしい。原田ムメは才能のない人間は肉親でもしりぞけ、才能のある人間は、それがその家の跡取りであろうとも絶家させてでも養子にしたような、実力第一主義の激しい女性であった。吉本せいも、実力以外は問題にしないような冷静で激しい女性であった。

とにかく、原田ムメも吉本せいも、腕一本で、一生のうちに興行王国を作り上げてしまった一種の女傑であるわけだが、春団治がその二人に接した時代が、いわば彼女らの事業欲強烈なばばあ時代であったこと、反抗しつづけつつ、これらの厳しい女席主たちに抜擢されつづけたことが、ひどくおもしろいことのように思えてならない。

時にわたしは春団治のレコードを鳴らしてきく。そうしていつもなるほどなあと思う。彼のつっかけるような、またドスのきいたような、しかも時々実に可愛げのある無邪気さがちょっとこぼれるような声をきいていると、後家ごろし、ばばあごろしであって当然だと思うからだ。

わたしの戦後

昭和二十年から昭和四十二年までの二十二年間には、はじめに生まれた女の子にはもう子供が生まれており、母であった女は祖母になっている。大体二十年前後で女の世界は一めぐりして出発点に再び立つ。昔のように十四、五で子供を生むなら、祖母は三十代半ばで、孫娘は七つにもなっている。人間五十年と考えれば（人間とは男のことであり、二十歳で女房をもらい、二十一歳で娘をもち、娘が十五、六で子供を作るとすると、男はもう祖父であり、隠居の年頃である）二十二年は実に長い年月になり、ごてごてと事が重なりあって、とても後で一目で見とおすわけにいかぬ時間の距離である。

わたしの戦後ということについて考えているうちに、いつの間にやら十数日たち、やっと思いついたのはこのようなことだ。

敗戦の年生まれた女の子にもう孫が生まれておるとなると、娘は敗戦後そのもので、それに生まれた孫娘となると敗戦後のつづきで、何やら戦前くさいにおいがにおいかねぬ気がする。世界のめぐりにも、そのようなにおいが現在におい立っているみたいである。

しかし、問題はわたしの戦後で、何もかもこんぐらがった形に見えるそれを、少しは順序立てて並べて見なくてはならぬ。ついすぐそこの過去でも、順序を逆に記憶したりするのが常の普通人（つまり現代史の専門家とはまことに縁遠い）わたしとしては、何かの戦後年代記にすがりつかねば、その折々の自分の姿がはっきりしない。

というわけで、その戦後年代記風のものを見付けて来て眺めたところ、全く自分が混乱させられるのに愕然とせざるを得ない。何とまあ毎月毎月、大事件ばかり起っていることか。順序立てて大事件を並べ立ててあるが、それに一々相手していると、これも又混乱するだけのことである。そしてまた、思ってみれば、それらの大事件に対してわたしは少なからず不感症的に対して来た、つまり始終はなはだ冷淡であったらしいのである。

昭和三十二年にわたしの『游魂』という短篇小説集が出版されたが、それに対して書かれた寺田透の書評の一部が今尚わたしの記憶に残っている。しかし、今の今まで、その部分は三十一年に出版された『贋・久坂葉子伝』への寺田の書評にあったのだと思い込んでいたのだから、誠に記憶というものはひん曲った形になって残っているもののようだ。少し長くなるが、『新日本文学』三十二年十一月号にのった寺田の書評を一部ここへ引き写す。

「ありていに言って、その標題が書名としてとられている作品や、次の『絶望』という作品は面白くなかった。主題の、あえて深刻とは言えないまでも扱いの厳粛さを必要とする性質と、作者の、ふざけた態度とは言わぬが、容易にふざけたがる性質とが、これらの作品では融合していず、調和を作り出さず、作品の奥行きも浅いものにしている。作品の奥行きというのは、言い方をかえれば、作品の読者の心に対する効力の大小ということである。浸透力と動力の大小と言いかえてもいい。作者は、『こんど校正をやりながら、書いていた時の世情や生活環境が文体にひどく力を及ぼしていることに、いささか愕然とさされた。』と書いていて、『敗戦直後に近いほど、如何にも息苦しい筆の運びであることを感じる。ひどいところでは、その文脈を与えるものが理解出来ない気がする場合さえあった。』とつづけており、四九年あたりの作品である『游魂』や『絶望』などは、この感想を特に考慮して批評する必要があるのかも知れない。しかし、これらの作品は、四九年あたりの日本の、ようやく餓死の危機を脱した気のゆるみを反映してはいても、息苦しい世情の反響に充ちているとは感じられないのだ。四九年はどういう年だったか、法隆寺の壁画の焼けた年、国鉄の人員整理中総裁の変死した年、松川、三鷹事件突発の年。G・H・Qからニュー・ディール派が追い払われつつあるという噂のもっぱら行われた年。吉田茂が臣茂《しん》と言った年。湯川博士がノーベル賞を受けた年。古橋が世界記録を更新した年。——朝鮮事変勃発の前年で、軍需景気の好況によるいわゆる相対的安定期はまだ来ていないとは言え、人々は不安の目をみはって暮してはいなかっただろう。庶民ほどそうだったのではなかったか。それだけに一般の人々の自己への逃亡、自己閉鎖の傾向がつよまり、ことに松川の事件などはそれがどういう事件なのか、よく考えもせずに見すごしてしまった年ではなかったか。騒然たる底流は感ぜられたにせよ、それに打たれ、それに巻きこまれることなくひとは暮せると思った。あるいは、(気づいてみると) 暮していると思えた年ではなかったか。

そういう社会状況を（一九四九年の日本の社会に対する僕の遡行的認識が正しいとしての話だが）『游魂』や『絶望』はむしろ反映しているようである。作者のもっとも言いたいことに対して、それらの緩如《かんじょ》たる（富士注――これは『新日本文学』では信条たるとなっているが、緩如たるの誤植であることを後に寺田透が教えてくれた）、重苦しい、しかも時々傍道にそれる文体は、端的に切り込むことがなく、いわばその上層を漂蕩しているのだ。」

昭和三十二年というと、敗戦から十二年後になる。一九四九年というと、敗戦から四年後ということだろう。「游魂」と「絶望」とについて書かれた寺田透の一九四九年と、それに対するわたしの姿の分析とは、この文章を読んだ時、わたしをびっくりさせた。昭和三十二年、つまり一九五七年にわたしの中では寺田透の挙げた一九四九年の事件の数々はほとんど意識に残っていなかった。わたしは遠い昔の歴史にもうとい以上に、自分の生きて来た現代の近い歴史にもうとく、寺田透の何分の一も、それを骨身に浸みて感じていなかったらしいのであり、これは今でもそうか知れない。寺田透の目から見ればそれがはなはだじれったくもあり、決して無罪とは見えないだろうと思う。寺田透には見透しがあり、はっきりした分析があるが、わたしには見透しがなく、端的な切り込みがなく、はっきりした分析、そしてはっきりした判断、あるいは決断がない。寺田透の精神が硬質の結晶体であるとするなら、富士正晴の精神はぐにゃりと柔い粘土質のものとしなくてはならない。わたしは寺田のこの文章を見て、そういうことを感じたし、今も感じる。寺田には確とした公的の目があり、わたしには公的な目より私的な目といった方がよさそうな目がある。寺田には大義名分があり、わたしにはわたしの都合がある。そのことを寺田は「庶民ほどそうではなかったか」という「庶民」にわたしを括りつけることで、はっきり批判したのだと思うが、寺田のそこの文章を読んでわたしは全然不服はなく、全くその通りだと思った。そして、わたしはそれより仕方がない、困ったことかも知れぬがと思った。

それは知識、知力、気質、育ち、体験、そうしたものの違いのためにどうにもならぬことのようにわたしはいつも考える。「端的な切り込み」という点について、わたしは杉浦明平を即座に思い出すが、わたしは明平のあの直接的な端的な切り込みを、或る人々のように余りにも単純という風には考えず、実に爽快だとして尊敬する。しかし、杉浦みたいなわけにわたしは行かぬということも、はっきり判っている。寺田透の厳しく緻密なこと、その思想の純一なことをわたしは尊敬する。しかし寺田透みたいにわたしは行けそうもない、そういう風には行かないということもはっきり判っている。

寺田透が一九四九年の大事件としてあげた色々のことにわたしがその時興奮しなかったかといえば人並に興奮した。しかし寺田はそれらの事件の奥や、未来やについて考えこんだと思う。だがわたしは多分考えこみもせず、単なる大事件としか見ないで、その上をただよい流れて行っただけだと思う。寺田や杉浦ほど、それらのことが骨身にこたえなかったということは、寺田や杉浦ほど、それらについての展望や認識がなかったということだろう。庶民流にいえば、どうなっているのやら、どうなって行くのやら、一向にわけが判らぬうちに、記憶しておられないほど次々と事件が起ったということにしかならない。こういうわたしの鈍感さ、冷淡さ、身にふりかかって来るまでは気がつかぬ暢気《のんき》さといったものは、戦後にそれが出ているが、実はわたしの戦中につちかわれていたものに違いないという気がする。それも大東亜戦争がはじまってから後の、国内での生活及び、大陸での兵卒としての生活の中でだ。

その兵卒としての生活はほとんど小説に書いてしまって、もう書くこともないが、その小説の中に書かれたわたしが、戦後にもつづいて生きていて、年齢でいえば三十代、四十代を経て、今は五十代の半ばにおり、戦後の生活も一向にぱっとしたものでなく、大凡《おおよそ》軍隊にいた頃のわたしの生活と大してかわらず、何とか今まで飯は食えて来たが、何時食えなくなっても不思議ではないという暮しであり、年をとるにつれて、辛度《しんど》さがやはり増すということを感じている。耳目するものは全く気に入らぬことばかりのように思えるが、わたし一人が奮起してもどうにもならぬことは見極めがついているし、軍隊にいた時同様、自分が所属している軍隊、国家といったものがどのような作戦をもち、どのような方向に進もうとしているのか、本当のところは余りはっきりは判らず、とにかく生きるだけは生きてやるぞといった体《てい》であるみたいだ。昭和二十二年十月に『VIKING』という同人雑誌を作り、この十月で満二十年になるが、大して意義を認めず、その認めないことによって二十年つぶれずに来たのだという風な考え方がわたしにはある。意義というものに、わたしは大東亜戦争がはじまって以来、不信の念をかためて来てしまったらしい。埴谷雄高は『不合理ゆえに吾信ず』といった題名の本を書いたが、わたしなら「不合理ゆえに」までで「吾信ず」はいらぬような気がするし、もう一つ押せば「不合理」という文字の中に合理という字が入っていることにさえ、時には気を悪くするかも知れない。余り「ゆえに」「信ず」わけには行かぬことを大東亜戦争以後見すぎたような気がする。それ以前は詩にこっていて一向に世間のことが目に入らず、何も考えなかったかのようだ。

わたしは戦後、あらゆる政治運動、文学運動に参加しなかった。レジスタンスということが盛んに人を熱狂させ、アンガージュマンということが流行語になったころも、腰は上らなかった。華中、華南を転戦していた折、そこらの農民をむりに連れて来て荷を運ばせるのだったが、よく彼らは監視の兵隊のすきを見て逃亡した。しかし、逃亡する際に、十分それは出来る筈なのに、小銃なり拳銃なり

（これは一人の場合）、機関銃なり（これは集団で逃亡する場合）奪って行くということをしなかった。又、馬を盗んで逃げた例も知らない。ただ一つ、江西省でだったが、苦力《クーリー》（徴発農民）をよそおって行軍中の兵隊に近づき、ちょっと拝見といった調子で小銃を手にして逃げてしまった中国人がいた。これは或いはそのあたりに残っていた中共軍くずれの男であったかも知れない。そうしたことが、どうも日本においてレジスタンスが占領米軍に対して行われそうな勇ましい言説に対して、わたしを冷淡にさせたもののようだ。わたしはレジスタンスが行われるような気がしなかったが、インテリの間ではそうした勇ましい話が多かった時期がある。共産党が山村工作隊を作ったころのことだろう。華中、華南のひろいところを歩き廻って来て見たところから判断して、山村工作隊など成功する訳がないとわたしは思った。日本は狭すぎるし、日本人は中国人より信義の点で信用しかねると思っていた。「レジスタンスなどといっても、それがはじまるのにも、もっと日本人の血が流されなくてはなあ。それも自分の仲の良い友人や、肉身の血がねえ」といって、鶴見俊輔に目を丸くされたことがある。鶴見は、「あなたは恐ろしいことをいう」といったが、レジスタンスを言うのすら本当は恐ろしいことだと思う。言うだけでやらないのなら恐ろしくもないことだが、日本では言うだけなら大して恐ろしいことではないことに戦後はなってしまった。そういう状況の中では、今の中国文化大革命で、文学者がその言説でつるし上げられることが不思議に見えるのだろう。言うことは行うことと同じと見ている点で、逆に中国の方が文化を重く見ているという考え方も出来るのだろう。日本でも徳川時代にはそのようなことがいくつでもあった。落語家さえがやられた。そうしたヒリヒリしたところが欠けている最近の戦後は余りいい時代のような感じがしない。だが、いい時代などというものはそうあるわけがなさそうにも思える。

戦争で華中、華南を歩いて、わたしは中国の広さと自然の美しさにおどろき、兵卒の生活から一種の巧まぬ忍耐をおぼえ、また中国の自然と、苦力として連れてこられた農民たちとから、中国の人間の底にあるのは徹底したニヒリズムで、それが彼らを生かせているのではあるまいかということを感じた。これらのことはつらい行軍つづきでわたしの体と精神がいつの間にか変化したように、わたしの精神の中にゆるゆる浸みこんで来てしまったような気がする。中国で禅宗が盛んになったことは、中国の底にずっと存在しているニヒリズムと仏教との結合、仏教へのニヒリズムの浸透といった方がいいかも知れぬが、そういう風に思われる。毛沢東の思想の底にも、そのようなニヒリズムが存在しているのではあるまいか。秘密結社が完全に成立する信義の底にも、まず、徹底したニヒリズムがあるのではあるまいか。日本はまだそうしたニヒリズムに到達するには随分つらい目を重ねる必要がある気がするが、今はおそらくその逆の方向へぬくぬく向いているのであろう。

敗戦を知ったのは昭和二十年八月十六日であった。

（ここまで書いて、中共の水爆実験を知った。「わたしの戦後」などという文章を書いているのが幾分滑稽でもあるような気がするが、まあつづけて書いてみよう。）

敗戦を一日おくれで知ったのはどういう理由であるか判らぬが、睨み合っていた国府軍の方は八月十五日にそれを知っていて、わざわざ知らせてよこし、無条件降伏なのだから武装解除するといって来た。勿論、こちらはそれに取り合う筈はなく、一日おくれで敗戦のことを知っても、武装解除には応じなかった。解除出来るならやって見ろという態度で、また国府軍にはそれが出来る訳はなかった。

そして武装したままの状態で、もう戦闘は行われず、その翌年までわたしたちの部隊は武装したままで国府軍の地区や、新四軍（中共軍）の地区を行軍して上海の方へ向って行ったわけだった。その点、国内で連日爆撃を受け、原爆も受けた人たちと敗戦ということから得た感じは大いに異っている。わたしは飛行機の銃撃は知っているけれど、爆撃は知らない。ということは徹底的に打ちのめされた敗戦を知らないということである。これはたしかに「わたしの戦後」に影響している。敗れたことの解放感を余り知らぬということだ。

と共に、戦場で、泥の中に横倒しになり辛うじて腹をうごかせていることでまだ生きていることが判るといった軍馬の群をみたり、敵兵の死体が服の中で、服一杯にふくれ上って浮んでいる池の水で炊事をしたり、水車の廻る水の中で新鮮な敵兵の死体の頭の毛がゆらゆらとゆれているのを見たり、つい先刻の戦闘で死んだ敵兵のこれも匂いも立たぬほど新鮮な死体が薪を積むように積み上げられている傍を通ったりしたために、わたしのこころは冷々《ひえびえ》としたままで日本に帰って来て、余り怒りの感情が起らず、時にはおれはもう一生怒れないのではないかと、冷々するような不安を少々抱いたりした。相当以上に無感動であって、復員して自分の家族が全員無事であったことに何か奇妙な失望（?）を覚えたことを記憶している。また、わたしの持物もほとんど無事であったが、このことにも妙な失望があり、出征する半年位前に結婚した女房が、さっさと離婚を（敗戦後）すませていなくなっていることにも、ああそうかといった感じしかなかった。

わたしが帰った時にはアメリカ軍による日本政府や軍部の悪の内幕のバクロ放送も大体終っていたのであった気がする。戦争犯罪の裁判についても余り激動する気分はなかった。戦争中からそれが気障ったらしくて嫌っていたから東条英機が死刑にされても何ということもなかった。ただ、天皇が裁判から除外されていることに大変不思議な感じをいだき、戦争に敗れても天皇家が存在することを不審に思った。しかし、それに対しても大いに憤激したりするようなこともなかった。つまりは辛抱になれていたのであり、人間世界の生み出して来るいろいろな現象を、まるで自然現象みたいに感じていたわけであろう。人間が主張し、行動し、生み出すことに対して、相当根づよい疑惑と不信頼の念がすでに出来上っていたかのようであった。

復員してすぐ伊藤静雄に会いに行って見ると、軍人の折目正しさなどを説いて感激したり、保田与重郎の偉大さをわたしに説きつけてばかりいた彼が、わたしの軍服を大へん厭がり、戦争に敗けて平和が来たのでほっとしたといい、戦争中右翼的なことを強く主張し指導者面をしていた連中が、今は早、アメリカ仕込の民主主義の指導者面をしていることに対する不快感をわたしが述べると、人間はそれでいいのですよ、共産主義がさかんな時は共産主義化し、右翼がさかんな時は右翼化し、民主主義が栄えてくれれば民主主義になるのが本当の庶民というもので、それだからいいのですと、わたしの軍服姿を戦争中のいやな軍部の亡霊を見たように不快がってわたしを愕《おどろ》かせた。

また戦争中、神国思想に熱中していた身近な友人がいつの間にか、神国思想以前そうだったコンミュニズムに再び近づいていって、いつの間にか共産党に入党して行ったことにもわたしは愕いた。

思想と人間の結びつきについて、それ以後、わたしが疑いの目を捨て得ないようなことばかり、現在に至るまでつづいているような気がする。熱烈に何かの思想をとき、しかもその運動の先頭を派手な姿で走って行く人間をみる時、どうもわたしは不審と疑惑の念を抱かずにはおれない。大東亜戦争のはじまりのころから、戦中、戦後を通じて、そのような先頭人種の怪しさをつくづく感じさされたと思う。それは先頭人種であり、このごろ思いついた言葉だが、強力なものへのベンチャラ（お世辞）人種であると思う。明治百年がやかましく言われ出してから、あらゆる新聞にこの先頭人種、ベンチャラ人種がうごめきはじめて、どうも大東亜戦争のはじまりの頃のあたりにまで一めぐりして来ているようなキナ臭さを感じてならない。

勇まし気な奴が最も女々しい奴であり、立派なことを喋りちらす奴が最も不立派な奴であることを一わたり知り得たことが敗戦後のありがたさであったかも知れない。日本人はことにそういうところが濃厚にあるが、勇ましがりやの方向へますます進んで行きつつあるアメリカ人も、段々日本人に似て来るかのようだ。ヴェトナム戦争へ従軍したスタインベックの記事の愚かな勇まし振りは何ともあわれで顔をそむけたくなる。ヴェトナムにおいて、体が貧弱でなよなよしているヴェトナム人の方が、大きい体のがっちりしているアメリカ人より、ずっと、普通いう意味での本当の男らしさがあるようだ。

考えてみると、わたしの戦後は、わたしの行動をせまくし、鈍重にし、まるで坐りこんでしまっているような形になりつつあるもののようだ。政治を信頼せず、思想を信頼せず、宗教を信頼せず、人間を信頼せず、自分も信頼せず、そしてその裏側にペッタリとその逆のものがくっついているのではないかと自分自身が疑われてくるような面もある。

敗戦後、わたしはそれまで多くよんでいたフランス文学から、アメリカ文学を多くよむようになり、アメリカ文学に出て来る人間はどうもフランス文学に出て来る人間より、背が高いみたいに見える

（肉体的にである）ということを感じ、次にイギリス文学をよみはじめ、その一種の鈍重さ、一種不透明なところに魅せられた。うまく言えるとは思えないが、思想の電気の良導体みたいなものから、ところどころ電気を通さぬところのあるような不純度の高いごろりとしたものに魅力を感じるようになって来たといってもいい。その点、日本の小説はことに具合が悪いような気がしてならぬというのも、わたしの一つの戦後なのだろう。通じのいい物語ばかりがある。あるいは一般であるというような気がする。ごつごつしたもの、硬いもの、厄介なもの、ザラザラしたものにわたしはますますあこがれて行くもののようだ。ベンチャラ精神の、サーヴィス精神の産物にわたしは疲れを感じる。今や日本はベンチャラ時代、サーヴィス時代としか思えぬから、時には日本の文化の公害を周囲から受けているような気がしないでもない。一体どうなるのだろう。わたしは最近になればなる程、日本の戦後と反《そ》りが合わぬ感じがする。

　戦後の最初のころの或る時期、自分がこの世に不満もなく、それかといって感心するところも一つもなく、プラスマイナスゼロでこのまま生きていたら、ふわふわと空中にちって行くのではないかと思われることがあった。わたしは戦争に行っていたころの体験が戦後にはものを考える基礎になっていたから、これは将校のように結構すぎる状態で、そのゆえにわが身のためにはならないなと感じた。歩兵の行軍の場合、将校は自分の荷物を自分が背負うということをしなくて、当番兵にかつがせた。当番兵は自分のものと、将校のものと二人分かついで歩く。将校は拳銃、水筒、軍刀、鉄兜ぐらいが荷物である。しかし、長々と行軍すると、当番兵は二人分の荷物を負い、その上小銃、弾丸などもっていて、しかも元気に行軍をつづけ、バテるのは必ず将校の方であった。どういうわけか、将校の方が大体体が大きく、当番兵は小さかったがそれでもそうであった。重い荷をもっている者がバテず、身軽な者がバテるとは皮肉すぎるが、これは事実であるから仕方がない。これを二年間観察して、わたしは荷があればこそバテないので、身軽だからこそバテるのだという風に考えるようになった。その理由はといわれると困るが、これは観察による一種の信念のようなものになっている。将校のやることを見ていると、行軍のはじめは、軍刀の束《つか》に左手をあて、戦国の武将みたいに軍刀をピンと水平にたもち、中々勇ましい。そのうちに手がつかれて束をおさえるのを止すと、軍刀の鞘が左ももの外側をうつ、下手をすると鞘の先の方が右脚と左脚の間に入って脚をはらってころがりそうになる。将校はそこで、軍刀を帯から外して、肩に天秤棒のようにかついでみる。やがれそれにも疲れて、軍刀を少年苦力にかつがせるのに終るが、そのころ身軽な彼の足裏は、二人分荷っている当番兵の足裏以上に痛み出し、やおらチンバをひきはじめて、はなはだ不機嫌になってくるのだ。そういう風になってはたまらぬ。それではどうするか。荷をかつぐことだ。ところで荷とか何か。妻子をもってそれに飯を食わせることだ。こうしてわたしは戦後また結婚した。

しかし、妻子という荷は兵卒の荷とちがって、年々歳々重くなって来るということをわたしは忘れていたらしい。わたしはおおむね新聞に雑文を書いて暮らして来た。（小島輝正が、わたしの短篇集『あなたはわたし』の書評の枕に「富士正晴の小説を、いつの間にか私はほとんどみな読んでしまっているようだ。戦後文学の、関西における一箇独自の山系であるそれらの作品は、私が推察するには、これまで彼にはほとんど収入をもたらしていない」と書いているのを読んで、わたしはその時ふき出したが、正しく事実はそのようであるらしい。）

年々歳々、子供らはふえ、そして大きくなり、何かにつけて暮らしという荷は重くなりまさって行く（物価が高くなることがそれに拍車をかける）にもかかわらず、新聞の原稿料というものは不思議にも何年たとうと一向に値上りしないものらしく、大阪や京都から交通費のかさむ田舎に住んでいるわたしは、いつの間にか大変な出不精の癖がついており、ここ十年余り、この出不精で一向に門を出ず、ジカに世間の波風と接触していないということが、わたしの最近の戦後に決定的な一つの性格を与えてしまっているようである。このことは迂闊にも、この文章を書いているうちに気がついて来たことだ。つまり、わたしの戦後は実入《みい》りがひどく少なかったために、積極策ではなく消極策で乗り切ることが多く、新しい現実を買いとることが出来ず、古い現実の補修で間に合わせていることが多かった。そしてそれがわたしの性格にはなはだ似つかわしいことになってしまったかのようだということである。このことは「雑談屋」という解体的傾向をもった小説に数年前書いたが、わたしは、新聞（これは四大紙みな入っている。倹約したいと思うが配達人と顔見知りになったため、彼らの失望の顔を思うと今更ことわれない、それがその小説を書いたころの事情で、昨年からは主として中国文化革命の記事を各社がそれぞれ特派員や記者を中国へやって書かせている関係からも、もう今は倹約の気がなくなっている。そしてせっせと切抜きをやっているが、何のためかはっきり自分でも知らない）とテレビとで社会、世界と接触しているだけだという変にきゅうくつなことになっている。しかし、それで結構わたしは退屈しないでいる。そして時々、若い友人がわたしを訪ねてくれるのが、これがわたしの気晴らしであるという珍な暮らしだ。これは雑文書きとして余りいい条件でなく、段々注文がへってくるのではないかという気が少しはする。事実、気がするどころではなくそうなっているようだ。又、これは世界博の影響で金が動き出したせいか、立派な体裁の月刊雑誌を出しながら、一向に原稿料支払いに良心的でない雑誌社が関西に次々に出て来て、わが環境はますます不愉快になりつつある。

が、その中で、どうにもそれが骨身にしみぬようなところがわたしにはあって、それはずっと、わたしの戦後のはじめよりその傾向があって、ただ濃厚になりまさっているのではないかという気もする。

十数年前、花田清輝は岡本太郎の例をひいて、わたしにもそのように世間に向って積極的になるように鼓舞激励したが、わたしは一向に気のりしなかった。そのように進取の気性を示さないわたしを、同じくじれったく思ったのかも知れないが、数年前、桑原武夫は何かの話のついでに、君は革命以前の中国の自然主義みたいなものだと、奇妙なレッテルを貼りつけた。つまり、革命のごとき激動は好かんだろうということだろう。そういえばわたしは派手なこと、人前に出ることは余り好きではなく、ケンコン一テキなどというような行動も好きではない。スピード狂などには絶対なれないし、麻薬中毒になる傾向もなく、競輪競馬はやれず、人に打撃を与える行動をすかず、旅行を好まず、ダンスを好まず、支配することを好まず、支配されることを好まず——まあいえば、まことに金のなさそうな書斎派というところがわたしの姿ではないだろうか。

もはや戦後ではない、いや戦後はまだつづいている、明治百年であるのか、それとも戦後二十何年であるのか、といった風の決めつけにはわたしは割合不感症のようであって、つまるところ現代感覚とか、時代感覚とかにおいて大変敏感ならざるところがあるのだろう。わたしはデモに行ったことがない。デモの効果というものについて疑いをもっているのかも知れず、的確な効果のないデモは逆効果だと思っているのかも知れず、ただ不精なのかも知れず、会場まで行く交通費にめぐまれていないのかも知れず、人間の集団行動に狂気めいたものを多く感じるのかも知れず、派手な口舌の徒にあきあきして冷淡極まっているのかも知れず、大仰にいえば、どっちの方からの政治もおれの知ったことかと、中国の鼓腹撃ジョウ（文字忘れた）派みたいなニヒリズム楽天主義がわたしの身上であるのかも知れない。

しかし、戦後になってわたしの友人知人が多く外国へ出て行き、帰って来るようになった。戦争で中国へ行って、はじめて、中国という国があり、中国人という人間があることを知ったようにジカには判らないが、そうして外国で住み、そして帰って来た知人友人の顔を見に行って、一言二言喋って、やはりアメリカという国があるなと感じ、ロシアという国があるなと感じるというようなことをわたしはする。あほらしい言い草か知れないが、外国は戦後になってわたしの中に次から次から十分の一位ジカなものとして出て来はじめたといえるだろう。戦争中の「鬼畜米英」というのは、直接アメリカ兵と顔つき合わさなかったので、一向に実感がわかなかった。しかし、中国へ行った兵隊の或る者は、どうも中国人は日本人とよく似ているので戦争するのに余り気乗りしない、これがアメリカ相手やったらなあ、もっと気乗りするのにと嘆じた。嘆じて見ても、当のアメリカ兵が出て来ないのでは仕方がない。

山本夏彦の説によると、外国へ行って住んだところで、そこへ金を使いにいっただけの人間に何が判るか、そこで生活費をかせいで生活した人間でないと、そこの人間が判りっこないのだそうだが、外国行きのわたしの知人友人は金を使いに行ったり、お客に行ったりしている人が多いようで、その外国帰りの顔を見に行って、十分の一位ジカなものなどいっているわたしは全くバカバカしいだろう。

　だが、テレビの中からも外国が出て来て、このごろは、それぞれの国の若者としよりの顔が幾分見わけがつくようになって来たから、幾分テレビ越しにジカの十分の一か百分の一ぐらい感じているのかも知れない。そしてそのジカの十分の一か百分の一で、外国人というのはどうも気の知れぬ、そして、どこか胸臭《むなくそ》の悪いような、どこまで行っても、わたしには判らぬようなところがあるということを、これは相当ジカに感じはじめた。わたしの最近の戦後はこうして外国時代を迎えはじめ、新聞とテレビの組合せから、それこそ書斎派の綜合的外国が組立って行きつつあるということが出来そうである。残念なことにわたしは外国語が出来ないので、いろいろな国の本をよむことが出来ないが、テレビで聞くいろいろな国の言葉の声音から、この言葉の声音からはきっとこんな発想法になるのではあるまいかなど考えたり、この声音の国の言葉を、日本語に反訳すると、この位事がずれて来るのではあるまいかなどということを考えたりしている。中国の大字報の文章の反訳に時々、消化の悪いようなのが出て来るが、中国語のある声音とその内容を組み合わせて想像すると、全く軽く消化出来ることがある。京都弁が日本の標準語になっていたら、大東亜戦争というようなバカなものは起らなかっただろうというような奇妙な考え方も案外いいところがあるのかも知れない。

　わたしは冗談をいっているのではない。真面目にそんなことを考えているのである。五十歳をすぎてようやく、外国や外国人や、耳が出て来た、それがわたしの戦後だとは、全くのろまな話だが、それはわたしののろまな成長のテンポがそうさすので仕方がない。

仕方がないという言葉が出て来てみれば、おれはこうなのだから仕方がないとか、それは出来ないのだから仕方がない、といった泰然自若と腰を下した（というよりわたしには腰が抜けたという風に反省される）状態で、何やかやと頭で決着のつかぬことを、随所随所で寄り道しながら考えているのがわたしの戦後というものであるらしい。うまい話をきくと、そうはうまく行くもんかいと思う。そして、日本ではいつもうまい話と、べんちゃら話がはばをきかせ、それを宣伝している本人がいつの間にかのぼせ上って自分でそれを信じ切っており、一、二年たったら狐がおちたようにぽかんとしているが、又、しばらくすると何かにのぼせ上っているという状況が、倦《う》むことなく戦後二十数年つづいており、これからも尚つづきそうだ。あるいは、日本という国の一生はそんなことではあるまいかという気もしないでもない。こっちはそんな狐つきと一緒に走り廻るには血が冷えているか、足の裏がうずいているか、腰が抜けているか、そのどれかか、それらの結合しているかなのだという風に思われる。

四千人ほどの住民の南の島に、九つか十の階級があって、ひどい差別が行われている記事を読んだり、牛を食わぬので牛がうろうろ街をうろついているインドの記事をよんだり、イスラエルとアラブの、宗教さえなければ何とかなりそうな永遠につづきそうな争いの記事を読んだりしていると、無宗教的なわたしには宗教が諸悪の根源だという風なことが思われてならない。どの民族も、それが成り立って来た背後にどうしてその国民臭い宗教を作り上げ（それは人間の立派さだが）そしてその宗教が世界一であると思いこまなくてはやり切れない（それは人間の変な片意地な子供っぽいところだろう）のだろうか。それはそれらの民族の声音とどういう関係があるのだろうか。そんなことをきりもなく考えて、新聞を切り、テレビを見、池の蛙の面を眺めるというのが、今ぎりぎりのわたしの戦後である。わたしも、どちらさまも、どうにもならんのだ。

八方やぶれ

八方やぶれと題するわけは八方やぶれだからで、八方やぶれという高級な構えや態度を意味するのでない。全く八方からわたしの精神には穴があき、ほころび、精神の中身が八方へ拡散して行きつつあるというのが、わたしの自覚するところで、全く精のないことである。

どうしてこうなったのか。文化大革命の切りぬきをしたり、ベトナム戦争のそれをやっていたり、魯迅を一月もつめて読んだり、友人の妻が死んだり、その仏事に出たり、酒をせっせとのんだりしているうちに、不意におれはこの世の何の役に立っているのかという気がしだして、その気は魂の底のところにへばりつき、魂を満たすようにひろがって来た。何も役に立っていないらしいのである。

人間必ずこの世の役に立たねばならぬ義理はなかろう。こう反撃してみても、わたしの中で一向に利き目がない。といって、おれは世の役に立っていないのだから、生きていても甲斐はないという考えと、だから死んでしまった方がいい、死ねという考えとの間には、しかし、少々距離があるような気がして、とても一またぎとは行かない。はなはだ困り、はなはだ冴えぬ感じがした。

おれは金があまりもうからぬから、そのようなことを考えるのであろうか。又、名誉などがくっついて来ぬから、そのようなことを考えるのであろうか。

それがどうもそのようでないことは、『パパ・ヘミングウェイ』という本と、『ピカソ』という本を、偶然つづけて読んで判った。わたしにこれらの本をくれた男は妻を失った男だが、その男はこれらの本を面白いからわたしにくれたらしい。ところが、ヘミングウェイのはなはだ金力と名誉に満ちた生活を書いた本、ピカソのこれも金力と名誉と王者のような威光に満ちた生活を書いた本、そのどちらの生活も、わたしにとって全くやり切れない生活で、こんなヘミングウェイやピカソのような目には金輪際あいたくないような気がした。

おれは余りに沢山金がもうかることや、名誉がくっついて来ることが、実にかなわぬらしい。ということは、そんなことに耐える気力や体力をもっていないということで、つまりは貧乏性で、欲がもともと少ないということだ。タフでなく、大志をもたず、つまりは余り世の役に立たぬ人間であるということだと、又、ふり出しへ戻った。もはや、考えてみても仕方ないことである。自分の内ら側から考えては駄目だ。


世界が騒然としてくればくる程、わたしの、おれは世の役に立たぬという考えが濃厚になって来ているのではあるまいか。世界の騒然には、はなはだ興味がある。しかし騒然の側にある行動的なものはわたしにはなくて、ただひたすら興味であるようなところが怪しいのではあるまいか。思ってみなくても、大分方丈記的であるようで、近頃は騒然が実のところ「流れに浮ぶ水泡《うたかた》の」浮び、消えるさまに、おれの目に見えかけているところが確かにある。且つ又、親しい友人のまだ四十代の妻が、一種討死のような感じで、二人も、というのは二人の友人の一人ずつの妻であるが、急死した際にも、おれの感じたものは方丈記的な何やらしんとして、幾分この世の生死のことを思いあきらめた形のものであった。おれは戦場での体験から、この形の思いようを、魂の底にじっと秘めつづけていたのではあるまいか。おれには生別、死別に対して、それを非条理とは感じないで、すぐさま条理として認めるようなところがあり、生別、死別に向って憤り、闘うようなところがない。敵に廻して恐ろしいところがなく、味方に廻して頼りになり兼ねるようなところがおれにあると、おれ自身、早くから察して、党派を組まないのかも知れないのである。

　おれは妻子を連れて、どこかへ遊びに行くということもほぼ無く、誰かと一緒に酒がのみたいとわざわざ出掛けて行くということもほぼ無い。人がやって来れば酒をのむ。酒が少し入れば酒が酒をよぶたちであるし、また話がはずむ方らしいから、痛飲し、次の日は宿酔いで、しかも昨夜のことをすっぺりと忘れてしまっている。つい最近、友の妻の急死の通夜の折は、さすがにビールが死んでそのような酔いとはならなかったが、それでも皆が眠ってからの後も、その友の妻が生前酒好きであったという理由で、その死んだ人の弟と二人で、棺のところへわざわざ行ってビールを朝までのんでいた。友の妻の死は悲しいという形ではわたしに出ず、憂鬱なことだという形にしか出てこない。そういえば、わたしは悲しむということをほとんどしないで、憂鬱を耐えているという形で、いや耐えるということですらなく、憂鬱を保っているという形になるだけである。

　棺の前で、故人の弟と二人でビールをのむといっても、わたしは片肘ついて寝そべった形でのんでいるので、つつしむということがない。故人が生きていた時、そうしてわたしがのんでいたままなのである。誰か、わたしを評して死者崇拝の思想があると書いたことがあったが、死者崇拝とは何のことだろう。又、或る人は、わたしに於いて人が本当に生きはじめるのはその人の死の後からで、わたしはその人が生きておる間に、犬のように後で標識になる小便をあっちこっちへひっかけておき、その人が死ぬとその標識をたどり直して、その人を死から生へ構成するという意味のことをいった。しかし、これも幾分かは判るようで、大方は判らぬ。

死者とその死体との間に、わたしの中では、はっきりした薄い膜があるかのようで、死に顔をわたしはじっと長時間にわたって凝視するが、それは視線が死に顔をずっとなぞっていることだけなのだろう。そして死体から離れたところに、わたしは死者の過去を組立てはじめるのかも知れない。

死んだ次の日が友引で、その次の日が葬式の日であった。ほとんどの葬式にわたしはおくれる癖があるが、その癖の出所も、ほぼ判っているようで判らない。その人の死を確認するのが嫌なのかも知れない。その葬式にも車の関係で少しおくれたが、実のところ車を呼ぶのがおくれたのかも知れなかった。友人代表という肩書の下にわたしの名が呼ばれた時、わたしはまだ到着していなかった。しかし、これではわたしが死んだ人の友人代表ということになる。友人の妻の友人代表になる。これでいいのかも知れない。少なくともわたしは、その死者の喧嘩友達であったのだろうから。友人はわたしたちの口喧嘩を聞きながら、というよりは見物しながら、深夜の酒をのんでいたものである。

葬式から帰っての夜、わたしは憂鬱に向って酒をのんだ。ウイスキーが足らなくなり、焼酎をのんだ。そして夜中に縁側からたたきに背中から落ちて、あちこち小さなけがをした。そのようなことが、わたしの人をいたむことの様式なのだろう。

わたしは今の日本の大抵のことが胸糞悪くてたまらない。たまらないとはいうが、態度としては冷然としているにちがいない。魂の中では時には冷酷ですらあるだろう。しかし積極的に冷酷であることはない。もし冷酷なら、状態的とでもいうべきなのだろう。

わたしは死者の写真を見て感動することが全然ないことに近頃気づいた。生き物を殺すことは害を与えて来るもの以外、ますます気乗りしなくなっているが、それならば死者の写真を見て、少しは感動してもいいように思われる。わたしは魚釣りも、猟もしたくない方である。ヘミングウェイによれば、魚釣りも猟も、人間を神にする行為であるらしく、何故神にするかといえば、生命あるものを生かし殺せるのが神の能力であるかららしいのだ。すると、魚や獣を殺すより、人間を殺す方が最も神に近づく行為なのに相違ない。ヘミングウェイは神に自分という人間を殺させることが承知ならなくて鉄砲で自分をぶち殺したのかも知れない。なるほど地球上どこでも軍人が尊敬されている筈である。軍人が死んで軍神となることは知っていたが、軍人が生きながらに神であるとはこれは気がつかなかった。すれば、暗殺者も、やくざも皆、神なのであろう。ヘンリー・ミラーがよく書くあのゴムホースを穴に乱暴に出し入れしているような性交がすばらしい性交なら、ベトナムのアメリカ軍の戦い方など正しく神の戦いであるだろう。

わたしはこんな神になどなりたくはない。それならばそれらの神たちに殺され、焼殺された死者の写真を見て、憤りも悲しみも感じないのは何故なのだろう。それは魂の荒廃ではないのか。おれは判らぬ。しかし、おれはそうなのだ。おそらく死体を、必要以上に（いや、何の必要があるものか）、それなら許容量以上に見すぎた戦場の体験がいまも体の中に生残っていて、つまりは人間は何の理由も意義もなくてさえ、或る日、殺されてか、病んでか、とにかく死ぬという信念（全くもっともな誤りない信念だ）を非常に自然に、非常に明確にもっているということなのだ。諸行無常とか、色即是空とかいうことばが、もっと科学で磨き上げられたような殺風景な明澄さである。チェッコの銃の音がいやにすがすがしく聞えたような、すがすがしささえあるだろう。わたしには幾分この世がひどく馬鹿らしいグロテスクなところに見えて来ているが、それは今にはじまったことでなくて、ずっとその馬鹿らしくグロテスクな人間の世がつながって来ているということに違いなかろう。だから、今を呪ってみてもはじまらないし、昔を呪ってみてもはじまらない。さて、お前はどうするか。

それが判らなくなったからこそ、おれは途方にくれながら、途方にくれた表情すら出来ず、暢気な陽気な表情をして、この場に坐りこんでしまっているのではないか、とわたしはいまいましく思う。この暢気な陽気な表情で坐りこんでいることによって、あらゆる奇妙な誤解がわたしをとりまいており、そしてその誤解によって、あらゆる来客がわたしのところへ来ているのではあるまいか。或る人は酒をさげて、或る人は原稿をもって。

わたしは酒がうまいからのむのでなく、酔いが買えるからのむのだ。そして酔うと、聞いた話を翌日、忘れてしまっているからのむのだ。おそらくそうに決っている。酒をのんでいて、或る男からののしりつづけられていて、次の日、そのことを全然知らず、不快であった記憶すらなかった。又、或る時、酒に酔っていて首をしめられかけさえしたのに、次の日そのことを知らず、同席していたものに、その忘却ぶりの見事さを呆れ果てたことといわれたことさえある。一体、こういう酔いと忘却とは何なのだろう。

しかしながら酒をもって来た客は大抵、愉快な話を聞いたとして帰る。わたしは愉快な話をする男として残り、次の日、何を喋ったのやら判らぬ男として残る。時々同座していた女房から、その夜喋った事柄を聞くことがあるが、いかにも喋りそうなことを喋っており、時によると客を不快がらせることも喋っているようである。鈴木三重吉みたいに徹底してからむというようなところはないようだ。八〇パーセント位はいい酒の方であるらしい。しかし、この酔いと忘却は、どうかすると、人の話を素面《しらふ》できくのが面倒だし、記憶しているのが嫌だからというところから来ているような点があるようにも思われる。それはわたしの歴史の一こまとして、ちゃんと起点が存在しているように思われる。忘却することを、そのため迷惑することも多くありはするが、わたしは余りきらいではない。わたしは大抵のことは忘れたい。覚えていなくてはならぬ程のことは、人間の一生に実はまことに僅少なのではあるまいか。大方はどうでもいいことなのだ。或いは、どうしようもないことなのだ。個人にとって世界は重すぎる。

原稿は読むのも、書くのも億劫になって来て久しい。老眼のせいばかりではない。結局は読むにせよ、書くにせよ、そこに大したものを見出す筈はないという予めの見切りがあるのだろう。ぐんぐん成長して行く人の原稿を読んで、あれこれ批評することに一種の生き甲斐を感じたのはずっと昔のような気がする。そしてそのころには自分の書くことにも、それと同じような生き甲斐を感じていたのだろう。読むのが億劫なのは、書くのが億劫なのと同じ根から出ているのに違いあるまい。そしてそれのあたりから、一体おれはこの世の何の役に立つのだという、なげきですらない倦怠し切った感情が生まれて来るのだろう。わたしは原稿を大量において帰って、しばらくすると、もう読んで下さったか、それではいつごろ読んでしまって下さるのかと電話をかけて来る人に対して、胸糞わるい怒りを感じることがある。それは、世の役に立ってたまるものかという感情になり兼ねない。酒をのんで、役立たずのまま死ねたらどんなによかろうか。しかしながら、酒をのんでのんで死ぬのには猛烈な体力、気力が必要であるようである。わたしは仕事をのばすということで復讐するのだが、結局それは自分の身にかえって来る。救われない。

　夏目漱石は自分はいつも小さくなって懐手をして暮したいといっていたそうだが、そのことを『あまカラ』という雑誌の夏目伸六の文章で読み、なるほどなあと思った。わたしも小さくなって懐手をして暮したい。もっとも、わたしは和服をもっていないから懐手というわけにいかず、もともと小さいから今更小さくなることもいらない。小さくなってというのが、人目につかぬようにということであればそれは賛成で、この方は田舎に住み余り外出もしないから、すでに今やっていることであろう。むつかしい（ムズカシイではない）のは懐手ということで、経済的な意味で懐手して暮せる身分ではない。しかしながら、いささか懐手的傾向が濃厚になって来ているらしく、子供の成長に反比例して、ここ二、三年、わたしの収入は減るばかりで、しかも言ってくれた仕事をことわることがある。一体どのような気なのか。親はなくても子は育つと無責任なことを考えているのだろうか。

　わたしはここ数年、顔も背丈寸法も肥えているかやせているかも判らぬ人物が、職業も生活も明らかにせず、ただ右往左往するような作品しか書いていないようである。わたしには顔も背丈寸法も、その他のもろもろの人間の属性がわずらわしかったのかも知れないが、それらを消し去って小説を書いてみようとは、何を思っていたのか、判らぬといいたいが、自分では判る気がする。しかし、人には判らぬ。

つまりおれには今の世界に起っている色々のことが余りに一つに似通っていて、それには顔がない。だから世界は一つだと思っている。そして今の世界に起っている色々のことが余り一つに似通っていながら、実はその奥深い本質的なところで、どうにもならぬ位、違っていて、だから顔はお互いにあっても通じ合わぬ顔で、そんな顔はあってもないのと同じで、だから、世界は一つになるどころか、一つになることを大理想にかかげつつ、その一つが別々だから、一つになりっこはなく、むしろその一つゆえにバラバラに解体しつつあるのだとも思っているのだ。だから、それらに関心をもち、かかわろうとする時、おれは空虚になりバラバラになり、自分で自分をとりまとめることさえ出来なくなって、しかも暢気に罪のない顔をしているのだろう。しかし、歯は確実に、一冊本を書くたびに、律儀に一本ずつぬけていった。

だが、他人というものは、その外から見るせいだろうか、やたらに自殺したがり、情熱をもって、ついに困難をのりこえて、自殺に成功するといったわけのわからぬ生活の持主すら、こちらから見ると何となく確実なまとまりを持っているもののようだ。それはまとまりがあると共に、自分自身で自分の生涯をしめくくり、打切るという行動があるためか、いっそう美しいみたいな、弾むみたいなまとまりに見えさえしたものだ。自殺する前の二人の女性を見たことがあるが、そのしゃにむに死なねばならぬという信念を理解しないけれど、その信念には一種の権威、威光といったものが感じられないでもなかった。それは自殺者が男であった場合よりも、女であった場合に、より生き生きとした生命力を感じさせる。どういうわけなのだろうか。しかし、もうそのような信念の威光や、自殺者の生き生きとした生命力について、その人生をたどりさぐりながら、その自殺まで追って行くような努力に余り興味がなくなってしまった。又わたしは近頃は、そのような作業をしているときに、分析し引裂いてしまうあたりで満足するのか、それを総合し一つの人間の像を組みたてることにひどく不熱心のようである。判ったことを、書く必要がその上あるだろうか。大へん不毛の精神が宿ってしまったのかも知れない。

こういう時、人は文字より手仕事に向って自分を回復するらしい。D・H・ローレンスやヘンリー・ミラーの絵などもそうであろうし、ピカソが絵から陶器へ向うのもそうだろう。わたしは絵をかくのだが、こういう時にはますますかく気がなくなる。室の前の、セメント作りの小池の蛙の数を勘定し、蛙とは何と変な顔をしているのだろう、奴らの糞は何と太いのだろうなどと思っている方が多い。わが家は高い竹藪にかこまれているので、勢い木も草もやたらと背が高くなり、室の内は暗くなり、電気代はかさみ、一向に外出せぬわたしの脚は段々細くなっていくようだ。探せばなくはないか知れないが、この田舎でも大体散歩道などなくなった。旧街道をかこんで、一見事務所風や一見温泉ホテル風の新築住宅が建ち並んで、散歩などとはあほらしくなる。

一つ向うの藪の中に大木がたっていて、このごろ藪が荒れて来たので、その梢のあたりがよく見える。少し黒みを帯びた枝に葉がびっしりついて、家の中からそれを見ていると中々飽かない。しかし、それを絵にかいてみようかという心は動かない。見ていればそれでいいわけだ。描くには当たらぬことである。

杉浦明平は自分の畑の中でぼんやり立っているらしいが、わたしは室の中でぼんやり坐っており、折々、友人の不幸や、頼まれた縁談や、頼まれた就職の件や、時には人に心中しましょうと誘われたが、どうしようかという風な真面目ですっとぼけた相談事にかかわりあう。

藤枝静男、あるいはその小説の中の主人公は、大木があると聞くと、それを眺めにわざわざ何回でも出向くが、わたしは室の正面の遠くに見えている大樹の梢を毎日眺めているだけである。彼らは出掛けて行くが、わたしは出掛けて行かない。在りあわせのもので事足るが如きなのである。

だが、在りあわせの大樹の梢を見ていると、時折中国江南で、一部落をすっくりその陰に抱いていた大樹のことを思い出す。それが奥からにじみ出て来る。魂の中で、わたしは中国のあたりまで、何回でも出向いていることになる。そしてそれに連関して、わたしは中国での多くの死体の眠っているような平和な顔を思い出してくる。戦場であったからこそ、そうした死体を多く見たのであり、その顔は皮肉なことに平和さを示しているのであったのだ。わたしはしばらく考えこんだ表情をしているであろう。ただ、目を頭蓋の内らに向けているだけのことである。

多くの日、わたしは上機嫌ではないが、不機嫌でもない。来客があると、多くは青眼で迎え、竹林の七賢の親玉の阮籍《げんせき》のように俗物は白眼でにらむということをしない。従って、俗物も舞いこみ、わたしが彼あるいは彼女の来訪を大よろこびで迎えたと思いこんでいる。

多くの日、わたしはほとんど退屈していない。しかし、何かに大いに興味シンシンであるということもほとんどない。

多くの日、わたしはNHKの朝の連続テレビ小説を眺め、夕方の連続テレビ小説を眺め、へへえと思っている。へへえというのは御結構なお話だと思っていることであり、NHKの朝に出て来る若い女主人公は何でまた、いつもこううるさいお節介な世話やきなのだろう、きっと東京者はあんなうるさい若い女が好きなのだなと思っていることである。テレビは自然の出るものが好きだというのは、それで時折、中国大陸のことを思い出すからだ。

多くの日、わたしは自分の過去について全然、後悔をしない。そして多くの日、わたしは自分の未来について全然、期待するところがない。

多くの日……。

多くの日、わたしはやはりこの世の役立たずのような気がしてならない。

私の織田作之助像

青山光二が編んだ「織田作之助年譜」を一晩眺めていて、いろいろなことを思い出した。

何となく織田作は少なくとも一歳くらいはわたしより年長であり、これも漠然と、わたしより一年先に彼は三高へ入った、そして止めたのは同じ年であると思っていた。が、みんな間違っていた。彼はわたしより僅かに四日年上であり、昭和六年に彼は第三高等学校の文科甲類に、わたしは理科甲類に入学しており、中途退学したのは、これはわたしの方が早くて昭和十年二月、織田作は昭和十一年三月であった。尚この年譜で、織田作之助の大阪府立高津中学校入学の年を大正十四年としているのは青山光二のミスではあるまいか。青山光二と織田作之助は同じく大正二年の生れだが、青山はいわゆる早生れ（二月）、織田は遅生れ（十月）で、小学校へ入る時から一学年差がつく筈で、そこをうっかりしたのではあるまいか。織田作之助が小学校五年から中学校へ入っていないかぎり（その頃そのような制度があった）高津中学校入学は大正十五年であるように思われる。

わたしは織田作之助の年齢や入学年度の勘違いの原因は、彼とはじめて会ったのが昭和八年、彼が文科甲類の三年生であり、わたしが二年つづけて理科甲類をやり、もう一度受け直して文科丙類の一年生となった年であり、『嶽水会雑誌』（三高の校友会の出していた文学雑誌、年に二回出たような気がする）の会合へ出て、三年生で編集委員であった織田作之助、青山光二などと知ったことにあるらしい。しかも、織田、青山は編集委員であったから、文芸部長の林久男教授と親しくしていただろうし、わたしや野間宏や竹之内静雄（当時桑原）はその前の年、昭和七年十月に『三人』という同人雑誌を作っておって、林教授はその創刊を『嶽水会雑誌』に叛旗をひるがえすものとして妨げようとし、わたしたちは生徒部長の平田元吉教授の許可をとって発行に踏みきったというようなことがあった（「織田作之助年譜」の昭和八年のところに『三人』を計画中のごとく書いているのは、青山の思いちがいである）。今から思うと林教授はわれわれが師匠として選んだ竹内勝太郎という無名の詩人が余り好きではなかったのかとも思われる。一方平田元吉という人は若い頃、志賀直哉の家庭教師をしていたことがあり、わたしは志賀直哉の紹介で竹内勝太郎のところへ行った人間だから、志賀直哉の利き目があって『三人』が出せるようになったとも言える。

そうしたことから、我々は林久男が面白くなく、何となく対立するような気分があったかも知れず、それを理由も判らず浴びてしまったのが編集委員たちであったのかも知れない。その状況は三回位、青山光二が書いている筈だが、新しく書くたびに、わたしの猛然たる姿がより物凄くなり、わたしの最後に読んだのでは腕まくりをしてつめよるなどということになっている（文芸部の先生方としてはドイツ文学の古松教授、同じく岩子講師、フランス文学の伊吹教授などがいた）。しかし、わたしは全身トゲだらけみたいなところがあったから、織田作之助や青山光二のようにおだやかな性格の連中はもて余し気味であったかも知れない。織田作之助の戯曲を、いつも霧が流れて、上品な夫人がいて、面白くもないとケナシつけたような記憶があるが、白崎礼三の記憶が全然ないのは不思議である。織田作之助は何か寂しくばかり見えたが、年譜で見ると、その前年に彼は孤児となっていたようだ。わたしは織田作之助のことを思い出すと、寂しそうな口数の少い痩せ型のおとなしい男ということばかり思う。

その頃、織田は劇作に夢中で余り学校へ出ず、一方わたしも詩作に夢中でこれも学校へ出ず、三年と一年では校舎もはなれているし、織田と出くわした覚えが全然ない。しかし、翌昭和九年頃、誰かから織田作之助がカフェの女と同棲している、だから、彼はいつも身綺麗にしているのだという噂をきいたことがあった。

昭和九年の十月（だと思う）学校でクラス対抗の運動会があった。大体五日位つづいたものだそうである。三高は一年が二学期に分れていたから、一学期と二学期の間に行なわれたのだろう。別に用事もないのに学校へふらりと出て来たわたしは運動場の片隅に立っている織田作之助を見かけた。和服に袴という恰好で、そんなに人の言うほど身綺麗かと観察してみたが、特にそういうことも感じられず、風に吹かれている鳥みたいに何か寂しそうであった。近づいて話しかけても、余り話にも乗ってこなかった記憶がある。こんなところで何をしとるんやと訊ねると、記録係をしているんやと答えたと思う。余り出会わんなというと、余り学校へこないからと答えたように思う。会話の方はそのようにあやふやだが、彼の姿は今でも目の中に焼きついている。それほど所在なげで、彼のところだけ日の光も届かぬといった感じすらあった。

翌昭和十年二月、おれみたいなものがおっては少なくとも一人はおれのおるために三高へ入学しそこなう受験生が出て来るんだという気が痛烈にした。そして、こんどこそ一生懸命に学業をやりますという誓約書を出して、もう一年一年生をやってはどうかとすすめてくれる伊吹武彦教授に、もう結構ですわといって退学した。理科で二年一年生をやり、文科で二年一年生をやり、わたしはうんざりしていた。ところが、三年生になるまですらすら行った織田作之助は昭和九年に落第、昭和十年に落第して、三度目の三年生をやることになってしまった。二月に学校から立ち去ったわたしはずっと後までそのことを知らなかった。そして昭和十一年にも出席日数が足らず、遂に卒業出来ず、文学仲間の多く居る東大へ進むことが出来なくなる。青山の年譜によると、東大に入った瀬川健一郎と共に、卒業を果たさなかった白崎礼三、織田作之助は上京し、織田は七月、大阪に帰って、「帝塚山《てづかやま》に近い姫松園アパートに住む」とあるが、このアパートへわたしは行ったことがある。白崎はそのまま東京にとどまったのであろうと思うが年譜には何とも書いてない。

その頃は刻明に日記をつけていたのに、調べてみても織田作之助を訪ねたことは見つからない。記憶は一つだけ明確に残っている。それはわたしが、織田の室に入って行くと、若い和服の女がするりとその室から消えたことで、独身であったわたしには非常に印象深かった。織田はそれに目もくれないで落ちつき払っていたが、別にわたしの来訪を歓迎するところもなかったような気がする。季節がいつか、どうして織田のアパートを知っていたのか、何の用事で行ったのか、そしてどのような会話をしたのか、これは全然記憶がない。昭和十一年のことか、昭和十二年のことかもはっきりしない。青山の年譜によると昭和十一年の七月から、昭和十二年の五月ごろまでそこにいたように思われる。事実、昭和十二年の四月二十日の午後に大阪の阿倍野の近所の「カツラギ」という喫茶店で偶然織田作之助と出くわし、二時間ほど喋っているし（この時何を喋ったのかは記憶にない、しかし、共通の友人がいくらかあったからそのことを喋っていても二時間位つぶせるかも知れぬ）、五月四日には場所はどこか書いてないが大阪の何処かで、青山光二と一緒に歩いている織田作之助を見たことが書いてある。すると青山の年譜にある昭和十二年の「五月、愛人（宮田一枝は京都にあり、ふたりは時折り逢っていた）の心尽しのフランス人形とともに上京、本郷秀英館に止宿す」というその直前のことなのだろうか。織田作之助の室からするりと消えた女性はその印象（体つき）からいうと、宮田一枝らしい。

この頃わたしは大阪府の小役人であって、昭和十二年の八月の終りから十二月二十三日まで、商工省で度量衡検定の講習会のために東京にいた。記憶によるとこの間一度、白崎礼三の下宿へ行き、彼の詩を読まされ、白崎が織田作は体が悪いのに又、上京したがっているので困るといい、わたしがそれは中止させないかんなあと答え、白崎がそうするといったことを覚えている。彼は和服のふところに手を差入れては脇の下をこすり、その手を嗅ぐことをしきりとした。この記憶と昭和十二年七月上京ということとが矛盾して少しわたしを困らせる。

日記を見ると、一回だけ白崎のところへ行ったのではなかった。わたしの下宿も本郷で、白崎の下宿も本郷で近いところにあり、偶然路上で出くわしたのがもとだった。九月十八日に「帝大の前の通りを本をさがし乍ら歩く。ない。途中で丸で幽霊のような足どりで向う側を歩いている白崎を見つけて追いつく。白崎はびっくりしたような顔で私を見ていたが、その真白な頬が美しくばら色になって行った。私の顔が変わったと言っていた。少し話して別れる。所を教え合った。白崎はきらいじゃない」と書いてある。その日、瓜生忠夫の下宿へ行って泊まり、翌日自分の下宿へ帰る途中、田中義一（三高出の東大生）と逢い、わたしの下宿で昼食の後、弥生アパートに二人で白崎を訪ねている。わたしの記憶ではこの田中がすっかり消え去っていたわけだ。三人で歩き廻り、再び白崎の室へ行って白崎の詩を読み、それから酒を飲んで、新宿へ出掛けその頃新興喫茶と称したと思うがバーまがいのところを飲み歩き、途中田中の下宿までタクシーで金をとりに行って再び新宿へ来て一軒のみ、白崎と二人タクシーでかえっている。「君は君の文学に確信あるか」（白崎）／「ある」（私）／「確信があるといいなあ」（白崎）とある。もし五月に織田作之助が上京していて本郷の秀英館に止宿していたとするなら、白崎と織田は特別に仲が良いから、織田作のことが何か出てくるように思われる。それとも五月に上京したが、間もなく下阪し、又、上京したいと企てていたのだろうか。或いはまた、五月は五月でも、一年後の昭和十三年だったのではあるまいか。ここのところが不思議である。

九月二十二日も白崎とわたしは新宿のブラック・ローズという新興喫茶へ行き、九月二十三日は白崎を訪問している。白崎は熱を出して、人間嫌いにかかっていた。それからも白崎のところへ時々出掛けているが、白崎から瓜生の噂はきいても、織田作之助についてきいた記録はない。きいても書いていないのかも知れないが、織田は東京にいなかったのではないかという気がする。しかし、白崎と二回も一緒に酒のんでいてそのことを忘れてしまっていた位だから、余りはっきりも言い切れない。

それから敗戦後に至るまで、織田作之助に会ったこともなく、彼が結婚したことも、新聞記者をやっていたことも、着々と文壇に位置を得つつあったことも、余り知らなかったか、注意を払わなかったような気がする。同人雑誌をずっとやっていた癖に、文芸雑誌を買って読むということが殆どないのがその頃のわたしのあり方であった。

覚えている噂が二つある。一つは弘文堂書房の編集者時代、鈴木成高から、一つは年月は忘れてしまったが多分大阪市役所時代の野間宏から聞いた。

教師としての鈴木成高の目には三高時代の織田作之助は昂然としたサッソウたる生徒に見えていたらしい。それで織田作之助が三年生を三年やって卒業出来なかった時、あいつなら平然としているだろうと思ったという。ところが道で出会ってみると非常にしょんぼりして歩いていたので、意外でおどろいたのだそうだった。

野間宏から聞されたのは、青山の年譜で察するに、昭和十五年、何月かは書いてないが、日本工業新聞を止める時だろうが、野間に、自分の止めたあとのポストに富士君はどうだろうかと言っていたという。

わたしはこれらの話を聞いた時、織田作之助が鈴木成高の目にそのように見えていたことに驚き、野間宏にそのようなことを言っていたことにも驚いた。織田作はほんまに優しい男やなあとわたしは思った。しかし、自分には新聞記者は勤まらんだろうなとも思った。

昭和十九年わたしは召集されて大陸へ出征し、二十一年六月頃復員した。夏に入ってと思うが、わたしは以前下宿していた宮川という家のばあさんに会いに京都へ出掛けて行ったが、婆さんは既に死んでいて、満州に行っていた三高京大出の建築家の息子が帰っており、その妻子は満州で行方知れずになったとか、死んだとかいう話を聞かされて、言葉もなくしょんぼりとした。すると、その宮川という人はわたしを誘い出して、四条大橋の東詰北側の菊水という西洋料理屋へ連れて行った。その二階へビールをのみに上がっていったが、何か陰気なガランとしたその二階に、織田作之助が編集者か何か判らぬ男とビールをのんでいて、わたしに気がついた。

わたしが織田のテーブルに近づいて、えらいこの頃流行作家になったらしいなあと、気安く語りかけると、彼ははなはだ意気あがらぬ表情で、お久し振りです、お元気ですかと丸で目上にものを言っているような調子で挨拶するので二の句がつげなくなってしまった。流行作家になるとああいう風に頭が低く行かんならんのかなと、わたしは思ったが不審でないこともなかった。その時、わたしが白崎礼三のことを聞いたのであろうか、白崎が死んだことを織田作之助から聞かされたような気がする。とするとわたしは丸でいろいろな人の死んだ話をききに京都までわざわざ来たようなものであった。

それから再び逢うこともなく、半年余り後に彼の死が来た。

しかし、行年三十五歳という若さで、彼ぐらい多くの大事な人に先立たれた人間は少なかろうと、年譜を見てわたしは驚く。十八歳で母の死、二十歳で父の死、三十二歳で親友の死、妻の死。この最後の二人の死で彼はがっくりしてしまったのではなかろうか。ヒロポンとかアドルムの連用も、体に悪いことを知っていて、覚悟の上で打ちつづけ、飲みつづけていたとしか思えない。結局、優しくて淋しい織田作之助の像のみがわたしに残っていて華やかな流行作家といった俤《おもかげ》はどうしても想像不可能である。

十何年か前、はじめて外遊する直前と思うが、三島由紀夫が大阪の毎日新聞社へやって来たことがあった。多くの編集者を従えて大きい笑い声をたて、勢よく喋り、早足に動いて行く彼の姿は、世に時めくという感じがあって、如何にも流行作家という面影があった。あまり傍へ寄ると弾きとばされそうだった。

だが、流行作家時代の織田作之助にそのような面影があったのか、なかったのか、それがよく判らない。有名な舞台一面真暗にして自分をスポットライトに追わせながら、舞台を歩き廻って講演したという話も、ヒロポンなくてはかなわなかったのではあるまいか。ひどく気の弱いものをそこに感じてならない。いろいろ伝えられる奇矯な言動にも、その出発点に気の弱さがあるような気がしてならない。

昭和二十二年に織田作之助が死に、昭和二十三年に太宰治が自殺し、昭和二十四年に田中英光が太宰の墓の前で自殺し、いわゆる破滅型とか無頼型とかいわれた作家が続けさまに死んでいるのは何とも不思議なことだが、揃って麻薬つかいであるのは、やはり気の弱さがその底にあるという共通点が存在するのではあるまいか。

だが、仕出し屋の孤児の織田作之助と、大地主の恵まれた子の太宰治と、歴史研究家の子の田中英光と、同じ夭逝《ようせい》でも、同じヒロポン、アドルムのみでも、何か全然ちがう死をそこに感じる。そして中でも一番可哀そうなのは織田作之助の死だと思われてならない。

太宰治の死は面倒臭さそうな甘え死にの感じがあり、田中英光の死は自分のエネルギーをもて余した果ての甘え死に泣き死にがまざっている感じがあり、織田作之助の死はつよがりつつの本当は泣き死にそのものという感じがわたしにはする。田中英光はエネルギーがありすぎて孤立無援的感情に立ち至った感じだが、織田作之助は頼みにする人達に次々と死なれての孤立無援的感情というより孤立無援的状況といった方がいいような気がする。身勝手なことは何一つせぬのに、運命にその羽根をムシってムシって、ムシリとられて丸裸になった鳥といった悲しいところがある。

わたしは織田作之助の生存中に、彼の小説も評論も何一つ読んでいなかった。営業文芸雑誌を買って読む習慣がなかったせいだろう。彼が死んだ後にも、読んでいない。随分後になって、春陽堂文庫に彼の『土曜夫人』が入ることになり、その解説を書くためにはじめて彼の作品を幾つか読んだ。関西でいう「しけた話」が多いのにおどろきもし、成る程、織田作はこんな話が好きだったのだなと納得もした。全くの市井人であり、つまり町人の魂でこの世の人の運命みたいなものを眺めていたのだなあと考えた。太宰治や田中英光にあったような政治的なところは全然ない。ということは、この世を改造したり、正義を主張したりしようという一種の英雄みたいな好みや衝動をもっていなかったことであろう。宇野浩二などに近いようなところにいる。全く大阪の町人の魂で、彼が西鶴を言ったのは当然だと思った。しかし、美男美女を登場させるのはいいが、スタンダールを言っても大分本質的に程遠いということも感じた。しかし、何としけた運命の人を描くのが好きなのだろう。なぜか。

今度、そのことは、青山の年譜で、織田の生家が仕出し屋であったことを読んで、織田の小説のこうした暗い淋しい傾向の出所が判るような気がした。仕出し屋というものはその配達先で多くの淋しい人生の破片につき当たったり、その始終を眺め渡すという機会があるだろうし、又、店へもそうした人生が話として漂い集まってくるからだ。

この文章を書きあぐねていた時、思いついて織田作之助を推薦して戦前『文学界』に「放浪」を発表させた藤沢桓夫に、その頃の織田作之助の感じはどうでしたかと電話でたずねたことがある。そうやなあ、トッチャン小僧みたいなとこあったなあという答えだった。そして、やはり、おとなしかったということであった。桑原武夫にもたずねたが、戦後流行作家になってからオダサクは僕は先輩やからねえ、それもあって、おとなしかった、背伸びしているようなとこも確かにあったということであった。十歳前後年上の人たちにはそのように見えていたのらしい。

大阪には昭和十六年創刊の『大阪文学』時代に彼に師事または兄事した人が二、三いるように思えるが、その人達の織田作観はまだ聞いていない。

わたしには淋し気なオダサクがあるばかりである。

追記——これを書いての後、青山光二に問い合わせたところ、ここに引いた年譜は昭和三十一年十二月発行の筑摩書房版現代日本文学全集81巻に付したものであろうということであった。筑摩版（四十二年三月）現代文学大系44のがいまのところ一番完全だという。この方は見る余裕がなかった。

魯迅と私

敗戦前、もう三十代になっていながら、わたしは魯迅のことを全然知らなかった。また毛沢東のことも全然知らなかった。敗戦後になっても大分後まで、この二人について無知であった。他の多くのことについても無知であるけれど。

魯迅という作家の作品をわたしにはじめて読ませたのは、鶴見俊輔、多田道太郎といった「思想の科学研究会」の二人で、彼らのやっている雑誌に、魯迅の小説を読んで挿絵をかけということであった。あてがわれた小説は『故事新編』で、どこから出た本か、またその訳者は誰かは忘れた。はじめて魯迅を読んで、何か物すごく暗い感じもしたし、腕力気力のありそうな気もした。わたしは戦争中歩き廻った華中、華南のにおいをかぐような気もしたが、貨物車で通過しただけの、殺風景な華北のにおいもかかげるような気がした。わたしは殺しの絵を沢山、野間宏の家で、多田道太郎を前にして、ザラ紙に描いた。余り手間はかからなかった。

その挿絵の評判は良いのもあり、悪いのもあった。それをまとめて鶴見俊輔が所蔵している。もうどんな絵だったか忘れたが、きっと暗い殺伐な絵だろうと思う。

それより前、昭和二十二年か三年かに、東京で、場所は忘れたが竹内好としばらく同座したことがあった。竹内好の容貌や体つきがわたしに深い印象を与えた。彼の目はやさしくて、しかもその目が自分の内らに向いていて、妙な言い方になるが目が沈黙勝ちという感じがした。そういう印象は年月がたつにつれて薄れて行くどころか、わたしの中でますます色濃くなって行くような気がする。やさしさと、自己に対する厳しさが一つの精神の中に同時にあっては、この人の精神界は何か息づまるような気がすると思ったと思う。

岩波書店から『魯迅選集』が出るようになって、わたしははじめて魯迅のほかの小説や、評論などを読んだ。一口にいえば、淋しいような、息づまるような思いがして、余り気楽ではなかった。竹内好から魯迅への道がいかにも近く思われた。それは何か猛烈に悲痛な道のような気がした。わたしの堪えられる道ではなさそうであった。わたしは腰がぬけてしまったよう、ここから動かんぞという風な気分、覚悟で生きるより致し方なかった。

それと前後して、わたしは『毛沢東選集』も買って読んだ。この方も強烈で、わたしの堪えられぬ世界が着実に猛烈に存在していた。毛沢東もキツイ気性だが、魯迅もキツイ気性だなと思った。おそらく竹内好もキツイ気性の持主だろう。

六〇年安保の時だろうと思うが、竹内好が鶴見俊輔と共に、国家に関係のある大学教授の職を捨て去った時、竹内好はやはりキツイ男だなと思った。鶴見の場合、どういうわけかキツイ男だなとは思わなかった。

許広平の『魯迅回想』が出た時、わたしは急いで買って読み、非常に失望した。許広平ほどの人が、書いている時代が現代に近づくにつれて、筆先が何となく鈍くなって来ていることを感じた。ひどく党に遠慮があるということを感じた。魯迅ならどうだろうか。もっと遠慮はすまい。しかし、戦略は用いるだろう。そして、晩年の散文に激しく見られる戦略、奴隷の言葉で語ることに、猛烈冷静なキツイ気性を感じた。死ということがピッタリと貼りついているような危い生の中で、言いたいことは言っておくというものすごいキッさ。これは全く戦闘以外の何ものでもない。許広平の文章には『両地書』のころには若気からそうしたところも見られるが、『魯迅回想』を書くころにはそのようなものは影が薄れているような気がした。今、手許にその本がないので、記憶で書いているが、読みかえすことが出来たら、又、別の感想をもつかも知れない。

これまで『両地書』に余り興味はなかった。今度、何となく『両地書』を見ていて、魯迅の二つの発言に大へん興味を持った。

その一つは「人生は愛だ」という風な、はっきりしているような、はっきりしないようなことを、少なくとも二箇所で魯迅が書いていたことで、何かそぐわぬような、唐突なような気がしてびっくりした。びっくりして、そこに枝折《しお》りをはさんでおいた筈なのに、一向にその場所が出て来ない。「人生は愛である」などということは誰でもいう。しかし、魯迅がいうと何かそぐわぬ気がする。何故だろうか。

もう一つは魯迅が自分自身の思想を暗すぎるとして、ひとに影響を与えまいと必死になっていることだ。これは随所に出て来る。自分の暗い思想を受けるなといいつつ、許広平にせっせと手紙を書き、人生についての注意もいろいろ与えているのだから、許広平が魯迅の影響を受けぬというわけには行くまい。

たしかに魯迅の思想は暗いかも知れない。そして大変用心深い。しかし、にもかかわらず彼は戦闘的である。筆墨の上での戦闘であるけれど、彼自身が過小評価しているみたいに、価値なき戦闘とは思えず、実際に革命をやろうとして行動している毛沢東と、妙に照応したものを感じる。毛沢東という人も十分暗く、十分用心深かったように思われる。朱徳とは安心し切って付き合ったアグネス・スメドレーが延安時代の毛沢東の姿におびえたということは実に象徴的なことだ。

「あなたは、私の作品をよく読んでいられるようですが、私の作品は暗すぎるのです。私はいつも『暗黒と虚無』だけが『実在』だという気がして、そのくせそれらに向って、絶望的に戦っているのですから、そこで過激な口調が多くなるのです。だがそれは、じつは年齢と経歴から来るものかもしれず、かならずしも絶対確実とはいえぬかもしれぬのです。なぜなら私は、暗黒と虚無だけが実在だという証明は結局できないから。したがって私は、こう考えます。青年時代には、不満はあっても悲観してはならぬ。つねに抗戦し、かつ自衛せよ。もしいばらにして、踏まねばならぬものなら、もとより踏むのもよいが、踏まずにすむものなら、みだりに踏むべきではない。〔中略〕その真意は、少しでも多くの戦士を残しておき、さらに大きな戦果をあげたいからであります」

それに対して許広平は「先生御自身が、暗黒が多いと感じておられるにも拘らず、青年に対しては、どんな場合でも退却するな、悲観するな、絶望するな、という御指導を与えていらっしゃいますし、御自分でもやはり悲観すべきをもって悲観すべからずとなし、為すべからざるをもって為すべしとなし、前に向って進んでいらっしゃる。そうした精神を、私は見習うべきです。今後はきっと踏まなくてもいいいばらは避けて、鋭気を蓄えておき、いざという時にそなえておかねばなりません」と受けている。人を自分の巻き添えにしたくないと魯迅がしばしば書いても、許広平の方から積極的に巻き添えになりに行くのだから仕方がない。巻き添えになりに行くにとどまらず、これでは魯迅を前へと押し出していることにもなろう。

「あの劇のとき、私が先に帰ったのは、劇のよしあしとは関係のないことです。私はもともと、大ぜいの人なかに長くいられない質《たち》なのです」(魯迅)

「最初の革命は、満州朝廷を倒すことだから、割にやさしくできたのです。その次の改革は、国民が自分で自分の悪い根性を改革することなので、そこへ来て尻込みしてしまいました。ですから、今後もっとも大切なことは、国民性の改革です。そうでなければ、専制であろうと共和制であろうと、その他何であろうと、看板を変えただけで品物が元のままでは、お話にならぬのです」(魯迅)

全く毛沢東がいったといっても、おかしくない言葉である。

先の方の人ごみが厭だというのも一種の暗さか気むずかしさの現われだろう。そういうところがあることを、胸のどこかにひっかけて置きたい。

「私になにがしかの事をやらせたいと望む人間も、かなりいないことはありません。しかし私は、それがダメなことを自分で承知しております。およそ指導者たるべきものは、第一に勇猛でなければならない。ところが私は、もの事を念入りに観察する質なので、念入りに観察すると思いまどうことになり、勇往邁進《まいしん》ができにくくなります。第二に、犠牲を物ともしない人でなければならぬが、私は他人を犠牲にするのが何より苦が手なので(これもやはり革命前のいろいろのことから刺激された結果なのです）とても大事業は柄《がら》でありません。そんなわけで結局、空論をもちいて不平を吐き、書物や雑誌に発表するくらいのことに終ってしまいます」（魯迅）

孫中山の革命が不成功に終わったのは、彼が党の軍隊をもたなかったからだと、『両地書』のどこかで書いている魯迅だが、彼は自分の限界をよく知っていて、自分のするべき行動をちゃんと規制している。ここで魯迅が反省して、自分に欠けているとしているものを、一方の毛沢東はすべてもっていたわけで、ここで魯迅と毛沢東は全然対照的な二人の人間となる。しかし、魯迅が自らの才能、気質の限界をはっきり見極めたからこそ、彼は彼なりのままに、「空論をもって不平を吐いた」だけかも知れぬが、この空論なるものは後に実弾に匹敵したということが出来るだろう。文章というものは確かに恐ろしいものである。恐ろしければこそ、文章の故に殺されることもある。

「念入りに観察すると思いまどうことになり」とあるが、この思いまどいの中から多くのものが生まれて来た。思いまどわねばそれだけの厚味と悲痛さともなっては出て来なかったと思われる。しかし、思いまどうゆえに彼は暗くあったし、又、「私は自分が、短文が得手だし、反語がすきだから、いつも議論のときは相手かまわず、いきなり真向からふりおろします」のも、思いまどった涯にとび出して来る行動であると思う。更に又、「広平兄――お手紙二通拝受、一通に同封された原稿は、無論例のごとく『感激涕零《ていれい》』して読みました。小鬼〔許広平ノコト〕は『尻切れの話が大きらい』だそうだが、私はまた尻切れの話が大好きな悪い癖があるので、どうしようもない」とあるのは、あながち許広平をからかう諧謔とのみは取れず、魯迅の小説を見ていると、尻切れを好んでいるようなところがたしかにある。その尻をひきすぎるスピードは諧謔の出て来るスピード同様、相当素早くて刺客の使う刃のごとく生きているように思われる。文章の上では大変な武力があるということになる。ところが魯迅はこんなことを書く。

「私はいま、しゃべったり筆を弄《もてあそ》んだりするのが、役立たずの人間のすることだとますます深く信ずるようになった。どんなに話が道理に合っていようと、文章が人を動かそうと、すべて空しい。たとい彼ら〔敵デアロウ〕がどんなに道理に背いていようと、彼らは事実において着々勝利を占めるのである。しかしながら、世界は真にかくあるに過ぎぬのであろうか？　私は反抗して、ためしてみたい」

今の日本の中で、わたしがこのような事をいったとしたら実に馬鹿馬鹿しい。魯迅がこのようなことを書いたその頃の中国世界の濃密な血なまぐさい気圧と、今の日本の生ぬるい稀薄な血なまぐさくない気圧と、その気圧の差によって、これらの言葉の重みはぐっとちがって来る。これだけのことをいうのに、撥ね返すべき重圧が全然ちがう。今の日本では割合い気楽にこのようなことが言えるであろうが、その発言は軽々と出来て、とてもこの言葉をその頃の魯迅が吐いた時のような骨も力強さもない。

魯迅のあらゆる書き物には、そのどこかに血のにおいがこびりついており、魯迅の小説に出て来る夏も冬も、大へん酷薄な感じで人間に迫る。魯迅の小説の中に降る雪は酷寒という感じで、志を得ぬものどもを、ちぢみ上がらせ、死へ導いて行こうとさえするごとくである。その頃の中国世界の酷烈さに対して、魯迅は全身でそれに抵抗するが、その抵抗には何ともいえぬ気味悪いところがある。

「さて、少しマジメな話をしましょう。『世界は真にかくあるに過ぎぬのであろうか？……』云々の言葉は、たしかに『小鬼に向って言』ったものです。私のしゃべる言葉は、いつも考えていることとちがうので、なぜそうなるかは、すでに『吶喊《とつかん》』の序で述べたごとく、自分の思想を他人に伝染させたくないからです。なぜ伝染させたくないかといえば、私の思想は暗すぎ、しかも自分でそれが確かかどうかわからぬからです。さらに、『反抗したい』というのは本当の気持ちですが、この『反抗する理由』は小鬼とは全然別であることを知っています。あなたの反抗は、光明の到来を望むからではありませんか？　そうにちがいないと思います。だが私の反抗は、暗黒ともみ合うだけです。たぶん私の考えは、小鬼には合点のいかぬものが多々あると思いますが、これは年齢、経歴、環境等々がちがうためであって、不思議はない」

この「暗黒ともみ合うだけ」というのは実に不気味で、絶望的でおそろしい。戦争で中国へ行っていた時、村の池のそばに立てられている石柱に〇〇〇（何字カモ忘レタ）千古悲愁とか、万古悲愁とかいう文字を見て、天が低く垂れ下がって来るような一種絶望的な感じを度々味わっていまだに忘れないが、暗黒ともみ合うだけというのは、動作としてもっと恐ろしい。彼の生まれた浙江省紹興府のあたりの人間は非常に勇敢で気が強いそうだが、気が強くなくては黙々と「暗黒ともみ合う」ことなど出来ない。

毛沢東の文章をよんでいても、勇敢で気の強いところが出ているが、思ってみれば、彼の生まれた湖南省も血の気の多い強靭な男の出る地帯だった。

自分の思想を他人に伝染させたくない、それは自分の思想が暗すぎ、しかも自分でそれが確かかどうかわからぬからだ、というこの魯迅の考え方は、革命家とはまた違う面が濃厚にあるようだ。その点が非常に面白く思われる。この自分の思想に対する疑い深さは頭が強靭すぎるためであろう。
「実際、私の考えは本来、即座に理解しがたいものなので、その理由は、もともと多くの矛盾を含んでいるからです。それは私自身をして言わしむれば、あるいは人道主義と個人主義の二つの思想の起伏消長とでも言えるかと思います。それゆえ私は、たちまち人を愛し、またたちまち人を憎むのです」

この二つの主義の話は理解出来そうで、まだはっきりとしない。彼は人と話す時、つとめて明るい方の話をするのだが、つい気をゆるすと、自分の暗い方の話をしてしまっていけない。「これを要するに、私が自分のために考えることと、人のために考えることとは、まったく別なのです。その理由はといえば、私の思想は暗すぎるが、一体それが確かなのかどうか、自分にもわからぬので、自分の身に実験するのはよいとして、他人を道連れにすることは憚られるからです」

「仕事をするのも、時には確かに他人のためであり、時には自分のなぐさみのためであり」まではよいが、「時には、生命の速かなる消耗を望むがゆえに故意に死力を尽すのです」に至ると、なるほど「暗い」ことも承知出来る。

全く暗い。雑感も暗ければ小説も暗い。時代が暗いから、暗くて当然といったものでもない。時代の暗さが反映して来ない連中の方が多かったのではあるまいか。

暗い上に、強烈で、皮肉がきついところがある。諧謔にはしばしば毒がある。しかもその毒は外向きではなく、内向きに作者自身に向かって吹きつけられる毒である。魯迅は頭の上から真二つに相手を切りさくように文章を書くといっているが、相手と一緒に自分も切りさくようなところがある。例えば『祝福』などという小説は、たしかに魯迅を切りさき、この世を切りさく小説であって、魯迅と一緒に読者のわたしまで、心がずたずたになり、何ともいえぬ暗澹さを味わう。ただの味わい方ではなく心の底の方までじいっと浸みこんで来て、心が苦しくてならぬ。うかつに油断して魯迅は、心の弱いわたしには、読めないのだ。

一昨年、ベトナムの陰惨な北爆があった一月ほどの間、わたしはどういうことか『魯迅選集』を裏の小屋からひっぱり出して来て、ウイスキーをのみながら、それを読んだ。ベトナム北爆のやり切れなさを、魯迅をよむ陰鬱さで釣り合いをとって、辛うじてわたしは立っているという感じであった。このやり切れぬ陰惨な二つの荷をわたしの肩の上で釣合いを取らしている天秤棒《てんびんぼう》が強い深酒と、深い睡眠といったところで、危く体をこわすところだった筈が、余りに怒りに怒っていたためか却《かえ》って体はさほど痛まなかった。魯迅は、よその人はともかく、おれの枕頭《ちんとう》の書としてはならんというのが、その時のわたしの判断だった。わたしの思想だって、どっちかといえば暗い傾向がある。それに人に向かっては努めなくても明るい話をしているようである。

さて再び魯迅に帰って、わたしは実は世間で評価の高そうな『狂人日記』とか『阿Q正伝』とかよりも、むしろ彼のもっと短い小説の方が、身にこたえることが強烈で、好きといっていいか、かなわぬといっていいか、そういうことになっている。殊に、彼が彼の周囲にいた友人や、若い友人の追憶を書いた文章は、きつくわたしにこたえる。例えば『范愛農』、例えば『劉和珍君を紀念して』。

それは魯迅がいつも、最後には自分自身をきつく責め、きつく攻撃しているからだろうか。

彼は既成の中国の文化（政治、風俗）を強烈に攻撃した。破壊しつくしたいと思った。破壊しつくさねば新しい「黄金世界」は作られないと思った。そして青年のみに期待した。このあたりまで毛沢東と一致するであろう。しかし、魯迅はその「黄金世界」を、も一度まきかえして、疑惑しているようなところがあった。後年、毛沢東らの存在を知り、この疑惑は解けたということになっているが、魯迅の死から中華人民共和国の成立までには時間が流れ、いろいろな事件があった、また文化大革命までには時間が流れ、いろいろな事件があった。わたしは魯迅の疑惑は一旦は解けても、又、意地悪く彼の胸に立ち返り、立ち返りする底《てい》の大疑団に思えて仕方がない。そして、毛沢東の中にもそのようなものが同じくあるような気が、今これを書いていて、して来た。しかし、これ以上はわたしの手に余るから、やめることにする。（文中引用の魯迅の文章は、岩波版『魯迅選集』による）

『花ざかりの森』のころ

昭和十八年の秋の頃のような気がするが、わたしは三島由紀夫を、神田の七丈書院まで呼び出して、はじめて会った。

彼は学習院高等部の三年生で、海軍兵学校の制服によく似た学習院の制服を着てやって来た。青白い、大頭の、太い眉毛の下に丸い目がひらいている、このはなはだ礼儀正しい言葉づかいの高校生に、たちまちわたしは閉口した。それにわたしの関西弁が彼にどこまで理解されるかも判らなかった。

あんたの本を、伊東静雄が出せ出せとぼくにいうから、七丈書院から出すことにしようという位のことをいった後は、一体この学生を相手に何を喋ったらいいのか困惑した。（彼とわたしは年が一廻りちがう。どっちもエトは丑《うし》である。）

そこでわたしは一人対一人ではやり切れないから、林富士馬の家まで三島を連れて行くことにした。林は若い人に熱中するところがあるから、きっと喜ぶだろうと思った。

案の定、林は三島が気に入ってしまい、その気に入り方はビールをのめといったのに、三島が御酒《ごしゅ》は（といったと思う）外ではいただかぬことにしているということをスパッと上品にいって絶対にのまなかったことやら、三島の表情には大奥の女性の底意地の悪さがあるということやら、何でもかんでも林を三島に熱中させるといった風のものだった。林は本人も上品だし、家庭も上品だったから、三島の上品さも程良かったのであろう。それにくらべて、わたしは余り上品な方ではなく、従って上品なものに対する苦手意識が相当以上強かった。

東京の七丈書院と石書房という小出版社二つに関係していたが、わたしは大阪住まいで、月に一回編集の連絡にやって来、林の家に厄介になったり、七丈書院の社長の家にとまったり、石書房の社長の下宿にとまったりしていた。

わたしは三島を林にひき渡してから、余り三島とは会わなかったような気がしていたが、三島が死んでから思い起こしてみると、月一回の上京の度に、一度位は会っていたようである。

三島の家へ行って、姉さんかとまちがう位若い彼の母に会った記憶もある。その家の中や住んでいる人がまた上品で、閉口した気がするが、何をしに行ったやら、何を話したやら全然記憶がない。林富士馬が連れて行ってくれたのだろうと想像するが。

蓮田善明のところへも、三島、林の三人連れで行った記憶がある。蓮田は出征から帰って来たところで、黒っぽい和服姿で、顔も黒く、丸刈頭だったが、丸刈頭に何となく不吉なものを感じたことを覚えている。三島もわたしも丸刈頭であったが、林はまだ長髪であったかも知れない。わたしは三島の長髪を想像出来ないし、林の丸刈頭も想像出来ない。

蓮田の家は余り絢爛ともしていなかったし、主人自身が何かシンとした感じで坐っていたから、親しみはあった。蓮田は三島の来訪がしみじみと嬉しかったようで、この少年にいつくしみに満ちた視線をなげていたが、主客とも余り喋っていたような感じがしない。

三島が帰る時、蓮田は電車の駅まで送って来て、三島の乗った電車が見えなくなるまで立って見送っていた。余程この天才少年が好きで、珍貴な宝のように扱っているという印象が深かった。

思わぬことでもなかったが、その年の暮だったか、次の年の正月だったかにわたしは徴用されて工場へ入り、『花ざかりの森』の出版は三島と七丈書院主渡辺新（今は八木新）との間のこととなった。次いで三月三日わたしには教育召集がやって来、一期検閲もすまぬ間に大陸へ出征さされることになって、しばらく休暇で出て、大阪の家に帰って来ていた。

伊東静雄の日記で、その日は五月十七日だと正確なことが判るが、その出征前のごたごたしたところへ、伊東静雄が三島由紀夫をつれて、お別れにやって来た。三島は兵庫県まで徴兵検査を受けに行く途中らしかった。夕食を共にし、十時近くまでいたようだが、ここでも何の話をしたか覚えがない。伊東の日記によるとわたしは三島の『花ざかりの森』の装幀図案のために千代紙を切っていたそうだ。『花ざかりの森』はわたしの出征中に出た。復員してそれを見た。戦地へも一冊送ったそうだが、それは着かなかった。

昭和二十一年復員した後も、時々わたしは東京へ行って、林などに会っているが、三島と会ったことがあるのかどうか、これも全然記憶しない。

京都の圭文社という小出版社にいたころ、三島の本を出そうとし、三島もよろこんで『岬にての物語』を送って来たことがあるが、この出版社は三島の本を出さぬ内につぶれた。以後、ほとんど交際がない感じで、ただ一度、彼がはじめて渡米する前、沢山の編集者をお供にして毎日新聞大阪本社へ来たことがあるが、そのころ毎日新聞でアルバイトをしていたわたしがその前に現われても、彼にはわたしが何人か判らなかったような節があり、流行作家にくっつくのも厭だからわたしはその場から姿を消した。

そして何年か前、彼が『わたしの遍歴時代』とかいう本を出した時、突然それを送ってくれた。そこには高等部時代の彼から見た不思議な青年の姿があって、それがわたしであった。

わたしの方から見れば、林富士馬や、斎田昭吉（現在森脇姓）や、伊東静雄などからもその時、その時の三島由紀夫の行状について聞くことも出来、又、彼自身がジャーナリズムをさわがせる名人であったので、ゆっくり彼を観察出来たが、彼の方からは、わたしはいつまでも不思議な青年であったらしい。

わたしの家へ来た夜、彼はわたしの出征を祝って「慶雲興」と大書したが、何やらこないだのあの日に書き残して行っても適《ふさわ》しいようなものだという気がしてならぬ。

ついでに書くと、伊東静雄のは「手にふるる花摘みゆき／わがこころなほかり／静雄／昭和十九年五月十七日いよいよ／君大陸に出でゆかむ別すと／大阪に帰り来し日偶〻三島君／と共に訪ふことを得て」とある。

わたしは実のところ余り三島由紀夫の本は読んでいない。天才少年と不思議な青年との間には何か水と油のようなところがあるらしく、少年の人工ピッタリに対して、青年の方は自然ピッタリの方がある。実は『花ざかりの森』も原稿はわたしは余り読まないで本にした。本にすることが目的であったからというほかはない。三島がこれを知っていたら彼はきっと喜んで哄笑しただろう。

思想・地理・人理——アナキズム特集に応えて

わたしがこのような「アナキズム特集」に顔を出すのは、すこぶる場違いであろうという感じがする。クロポトキンの本をよんだこともなく、大杉栄もよんだことはない。手にとったこと位あるかも知れないが、記憶には全然ない。

現物のアナキストは一人知っていた（戦前）。アナキストが銀行を襲撃した事件があり、その首犯の逃走中、家にかくまったこともある男だったが、すこぶる気の良い人物でわたしは蒲団を一流れ借りたこともある。

「何《なん》せ、ボルの方が理論的にガッチリしとるさかいにな、こっちは旗色が悪いわ。しゃあないわ」

といったことがある。しかし、わたしにアナキズムを吹きこもうとしたこともない。

滑稽なことに、三軒長屋の、アナキストの古本屋の隣に住んでいるのが、思想取り締りの京都で最もきびしいといわれた川端署の特高課の刑事だった。

尊貴の人や、えらい政治家が京都へ来るとなると、うろんなアナキストやコンミュニストはその前に警察に収容され、監禁される。

「きみら、何もせえへんやろし、危険性はないと、わしは判ってんねんけどなあ、まあ、そうなっとるから、ブタ箱へ二、三日入っとってんか。すまんなあ」

「又かいな。たびたび偉い人が来てくれると困るなあ、商売の邪魔やがな。ちょっと殺生や」

「そら判る。しかし、そうなっとるんやからしゃあない。すまん、すまん」

「ま、行ってくるわ。女房《かかあ》と子供だけになるから、留守はようたのむわ」

「よっしゃ、引き受けた」

こうしてもう無益無害になっていたらしいそのアナキストは警官につれられたりせず、自分でのこのこ川端署のブタ箱さしてゆっくり歩いてゆく。まあ、そういうことであったらしい。

このアナキストがアナキストらしい口をきくのは、ただ「相互扶助」ということだけであって、わたしなどよくその「相互扶助」の恩恵に浴した。

また特高の刑事がそれらしい口をきくのは、わたしが古本をあれこれ見ていると、

「きみこの高村光太郎というの、えらい世間の評判はええけど、ほんまは赤とちがうか」などと鎌をかけてくる位のことであった。下宿までやって来たことはない。アナキストと親しくしているから安心していた傾きがある。これも滑稽なことである。

これより前、もう一人、川端署の特高を知っていた。これは『三人』という同人雑誌の発行所になっていたわたしの下宿へやって来て、並んでいる本をながめたり、「このごろどうや、赤になってる奴を知らんか」などという。「そんなもん知らんなあ」などと相手にしないでいると帰る。二、三回来たが、ここに獲物はなさそうだともう来なくなった。『三人』の表紙が花鳥画家の榊原紫峰のも

のなので、内容もそのような感じのものと、いつしか思いこんでいたのかも知れぬ。野間宏がプロレタリアという言葉を沢山使った革命的な詩をのせた時も、ついに特高からは音沙汰なしであった。

或る時、京大正門前で、この刑事に出くわしたら、「どこへ行きよるんじゃ」という。

「そこへ、昼飯くいに行きよるんや」というと、くっついて歩きながら、「京大に赤がおってな、今そいつを泳がせてあるんじゃ。そのうち、赤が沢山にふえたら、パッとこうみんなあげたるんじゃ。ふふふふふ」という。

「何ちゅう殺生なことするんや。可哀そうやないか」

「それでもまあ、仕事やさかいな。君、そこの店で食うんか。そんなら、わしゃ、署へ帰るわ。さいなら。ふふふ」

とおかしくもなかろうに含み笑いして立ち去った。呆れ果てたが、赤にそのこと教えてやろうにも誰一人知らんのだから仕方なかった。もし知っていて、知らせにいったら、それがスパイで、やがて特高の刑事がやって来て、「やっぱりお前も赤やったな、ちょっとこい、署でマルクス主義教えたるわいな」となったかも知れない。何しろ特高の刑事はねばねばと不気味なとこがあった。アナキストの方はカラッとして、とにかく親切で、「相互扶助」であった。乏しい食事でも、わけて食わせるというところがあった。

資本主義の弱肉強食ということがあって、弱の力を集結して強を逆に食ってしまおうという共産主義があって、その横に強弱をとっぱらって棲みわけの共存共栄で行こうやという無政府主義があるという風な感じを今持つ。

前には無政府主義は所詮同人雑誌的な純粋さで、営業色豊かな性格の共産主義にはとてもかないはすまい、清は濁にはかなわんからな、濁ったものを清めるより、清らかなものを濁す方が効率がよいからな、そんなことを時々思ったことがあるだけであって、無政府主義は主義者個人から感じられるところがあるけれど、共産主義は組織的で、主義者個人は組織のためには正義としての大嘘でもつくから、おそらくカラッと判るというようなことはあるまいと思っていた。

その上、わたし自身は政治的人間というおもむきが昔から稀薄で、こまごま世話したり、強制されたり、つまり政治などなるべくしてくれるな、ほっといてくれという気持ちがつよく、いわば中国の古い本にあるコフクゲキジョウ派で、帝力われにおいて何かあらんと、腹をたたいて音楽でもやっておればいい方であった。桑原武夫がいつか、君は革命以前の中国の自然主義者みたいなところがある、と冷やかしたのも、このようなあたりを感じたからだろう。

日本という国は狭くて、山だらけ、皺だらけで、地震はあるわ、台風はくるわ、四季のめぐりはあわただしくて、着るものにつけ、食い方につけ、その四季のめぐりに追い立てられてこれもあわただしく、世界中からあらゆるものを摂取したがり、珍しがり、判りたがり、さわりたがるというこれもセカセカした国民が住んでおり、というわけで大抵の政治思想は揃っているが、変に神経質に、細緻に、猛々しくて、やがてくたびれて、エネルギーを失うに至るという感じがする。くたびれるというのは盛んであるとき盛んすぎて、結局、飽いてくるのではあるまいかと思う。地震のごとく、台風のごとく、強烈であると共に、短気であり、短期である。

とすると、こんな日本で思想などとやかくいってみるのも、正義めき、学識めいてはなはだ気分はいいが、所詮台風情報みたいなものではありはすまいか。その時が終われば使用済みで、流行遅れで、又、その時の来るのを待つ外はない。目まぐるしくて待つ気にもならぬかも知れぬ。

本当のところ、ぎりぎり決着のところ、今の日本人の政治思想は何といったらいいだろう。どうもそれは、民主主義とも思えず、勿論共産主義であるとも思えず、無政府主義でもない。まだしも近頃の毛沢東のいっていることの方が、共産主義の遠い向こうに無政府がただよっているような感じがある。はなはだゆっくりと、辛抱づよく、革命に革命を重ねて、いつかは到達するだろうし、そうならねばならぬというような悠々とした形であるが。それでは日本人一般はとなると、多分それは有政府主義だといった方がいいような感じがする。又の名を甘ったれ主義といってもいい。「相互扶助」などどこにもない。「全部扶助」の思想である。助けるの思想でなく、助けて頂戴の思想である。上から下まで、政治するものから政治される者に至るまで、べったりそうなのだという気がする。

気候不順の疲れのせいか少し文章が性急でカン高くなったからここで休憩する。

休憩してみてもいい知恵も浮かばぬ。

はじめアナキズムなどについて何一つ知るところがないからと、これを書くことを一応謝絶した時、編集者は、それでも遥か東京から眺めていると、関係ありという感じがする、だから直接アナキズムと関係なくともいいから、あなたの生活振りについて書いてみてほしいといった。

生活振りといっても、政治とのかかわり合い方のことをいうのかも知れない。

それならば、ほとんど日本の政治とかかわっていないという外はない。わたしは政治されているという感じをなるべく稀薄にしておきたい方であるし、自分が政治に関係することも全然したくない。選挙の投票ぐらいは行く。木村禧八郎とか田中寿美子ぐらいのなら推薦者になれといわれればなる。しかし、わたしは社会党の応援者ではない。彼及び彼女個人の感じの問題で、党の問題ではない。あらゆる政党に不感心であるけれど、その不感心な党の中にも、個人としては感じとして好意をもっている人もいる。数において自民党の中にいくらか多いのは、自民党の人数が多いためかも知れず、又、個人として力量ありと思われる人の数が事実多いためかもしれない。しかし、党としては全然不感心である。

国や地方公共団体（?）は税をとりに来るが、わたしは脱税してみようなどの欲望はない。国と企業はものの値を上げるばかりしているが、それと闘争しようという気もない。一切合切、何ともしやがれと思っている。忍耐し、辛抱する。争わない。従って革命的でも政治的でもない。争ってカッカとするのは心身に害ありと考えている。と共に、首が飛んでも歩いて見せるわと、ごっついことをたまには考える。

ごっついことというが、戦中戦後のあのやり切れぬ政治状況の中で、地位も財産もない人間は「首が飛んでも歩いてみせた」から今生きているのだとも思う。

戦争に行ってかいま見た、当時の中国農民の生活を思うと、首が飛んでも歩いてみせるより仕方ないと思うし、今の日本では、そうそう首は飛びはせんわ、楽なもんじゃと思う。企業におどらされて現世の欲を増大さされて走り廻らされるのを避けさえすれば、さほどあくせくすることもあるまいと思う。公害はどうだと来るだろうが、おのれの家族共にもそれがいずれは降りかかってくれば、偉い奴、力のある奴は何とかせずにはおれまいではないかと思っている。

ここまで書いて来て、ふと気がついてみると、わたしは無政府主義者といったものではないが、無政府そのものの人間、政府などあろうとなかろうと余り気にならん人間ではあるまいかという気がした。政府や企業のやる悪事の数々に、時には大いにケシカランと思うくせに、ゲバ棒もってとんで行ったり、反対署名運動をしたり、爆弾を小包で送ったり、毒入り食品を送ったり、水銀入りの水を奴らの水道に流しこんだり、デモをやったり、そのようなことを一切やらないのは、わたしの上で政府が大分稀薄になっているのではあるまいかと思われる。つまり一向に期待も信頼もしていず、不潔下劣な、しかも頭のきれる悪人が多そうであるなあ、無責任でなまけ者で企画性がなくて想像力も創造力も枯渇したアホが役人という奴にはいかにも多そうであるなあ、そのくせ利にさといところは、なるほど有名大学を出ただけのことはありそうな位のことをちょっと思うだけに終わっているみたいだ。簡単にいえばあいつらアホかいな、勉強すればするほど悪るうなるだけやないか、日本は大学がふえればふえるほど汚うなって行くだけで、つまり教育も公害の一つやんか。

こんなことをいって終わっているだけなのは、わたしが革命前の中国の農民ほど切羽つまっていないからで、わが国民の大部分がやはり切羽つまっていないせいではあるまいか。徳川時代の農民一揆ですら、政府を倒せ、殿様を倒せとはならず、政府よ、実情をよく見て何とかして下さいとか、殿様よ、こんなのですから何とか改めて下さい、オタノモウシマスということになっているところを見ると、やはり切羽づまり方に、徳川の農民と中国の農民との間には大きな差があったのに相違ない。と同時に、わが日本民族の発想はつねに有政府的であって、中国のごとく、徳なき君主は倒してよい、徳なき政府はない方がよい、理想としては政府はない方がよい、おれらはおれらの力で生きて行けるので、政府官僚といったものは邪魔になる無用の長物である、といった無政府的な発想は爪の先ほども、豆粒ほどもなかったに相違ない。歴史をくわしく見れば、そのような農民一揆、農民自治、坊主自治がなかったこともないが、やはり爪の先ほども、豆粒ほどもといっていいだろう。ケシ粒ほどはあった。そして連綿とつながることなくパラパラとあったとはいえるが、とても天皇家をとりまく公卿たちの親族群のごとく、衰えても衰えても連綿とつづくのには及びもつかなかった。こう見てゆくと日本の一般農民と、公卿の親族集団とは、全く別の人種のように、生き方の発想法がちがっているみたいな気がする。これはこの夏、『伊勢物語』を読んでいてひしひしと感じた。不気味であった。

今の日本人はどうかといえば、あっさり有政府的であるという外はない。

無政府主義、共産主義、宗教主義、その他もろもろのものがあって、大いに政治的行動、宗教的行動に及び、新聞は日々、さわがしい騒動を報道し、議論しているけれど、どうもわたしにはそれすら行動、騒動すら、一種の学問、学説みたいなものに見えて仕方がない。生えて出たもの、あるいは持って来て植えて根づいたものという気がせず、浮世の流行を着ているという感じしかしない。いわば目下台風が通りつつ吹きあれているという感じで、そこで台風情報、台風批評がさかえているということだけではあるまいか。あるいは又一種の猿まねみたいなものではあるまいか。

心は千々に乱れて、はなはだややこしいが、思想というもの（イデオロギイ、宗教）は生えて出る、又は根づくのには、その場所の自然条件を背景にしているのだろうし、そこにいる民族の趣味、ごく広い意味の趣味、発想法といってもいいが、それとよくマッチしていなければうまく行くわけはない。ごくうまくマッチしないかぎり、思想というものはまあ学問でありはしないか。そしてわが日本国は自然的条件が南北に長く、いろんな気候土質があり、山だらけで皺くちゃで、あらゆる思想を、ケシ粒ぐらいずつは学問として受容することの出来るという聡明な早ざとりの変わり身の早い日本民族がいるわけだから、あらゆる傾向の思想が、雑菌のようにうようよ生えついて、流れに浮かぶうたかたのごとく、かつ消え、かつ結ぶのも無理はないと思われる。無政府主義もその一つである。ただ、沙漠に生え出たような宗教思想は、日本が余りに湿潤（自然および民族性）なので、なかなか居心地悪そうに見える。

ＶＩＫＩＮＧの死者

八月は日本で、死者について騒がしい月だ。騒がしいほど、逆に冷たい気持になる。騒がしさに不純なものが、ますます年とともに増して来ていることを感じるからだろう。そこへ顔出ししてはなるまいと思われるものたちが、もういいだろうと顔出しするようになった。撫然として、テレビでそれをながめる。腐敗その極みに達しつつある。

まだ、その日まで至っていない。今は八月三日だ。八月に入る前後から、しきりとＶＩＫＩＮＧの死者の死にざまについて思っていた。一つには七月に、ＶＩＫＩＮＧの前同人三好郁雄が自殺したためでもあろう。

ＶＩＫＩＮＧの死者は女が二人、男が四人である。不思議なことに女はＶＩＫＩＮＧ同人として死に、男は前ＶＩＫＩＮＧ同人として死んだ。死んだ順に書けば、尼崎安四（病死）、久坂葉子（自殺）、川野彰子（急病死）堀ノ内歴（病死）、高橋和巳（病死）、三好郁雄（自殺）となる。最後の二人は今年だから、まことにあわただしい。

自殺者はそれぞれ自分では納得いく理由で死んでいるのだろうが、その納得の論理は大抵普通の論理と発想がちがっていて、自分はこの故に死ななくてはならないのであるという論証が変に白けた空虚なものに見える。三島由紀夫のそれは、久坂葉子のそれと全くよく似ていた。三好郁雄はあまりはっきり論証している気がなかったらしく、学問の行きづまりで気が弱くなったから死ぬという意味のことを簡単に書き、最後に「井口」とまであって、どうやらそこで睡りこけて、死んでいたらしい。その何日か前、井口に電話をかけて来て、しきりに高橋和巳のことをいっていたそうだが、石を投げてもとどく位の近距離の井口の家に、足をはこばず電話で話すところが、いかにも三好式であった。年に、二回位、わたしにも深夜に電話があったが、いつも酔っていて、「富士さん、ぼくもう駄目ですわ」という言葉からはじまるのがつねであった。何が駄目なのか一向に判らないが、雑談をして笑わせてなぐさめると、駄目ですわは幾分納まるようであった。このところ何カ月か彼から電話がなかった。一年余りかあるいはそれ以上なかったのかも知れない。去年、彼はスイスに二度目の留学に行っていたそうだから。彼は催眠術にたけていたらしいので、二、三度、話のつぎほに、ぼくにも催眠術を教えてくれんかといったことがある。彼は、富士さんには催眠術などいらんでしょう、電話で催眠術をかける位やからと、いつでも笑って、相手になってはくれなかった。

久坂の自殺は一種壮烈みたいなところがあるような気がするが、奥さんをＰＴＡか婦人会のバレーボールの稽古に出したのち、昼の日中にゆっくりビールをのみつつ死んだらしい三好の自殺には日常茶飯みたいな平然とした気分があるようで、何ともいいようのない感じがした。井口の電話のはなしと、新聞の報道のみの知識だが、普段の彼の表情を思いあわせても、一向に矛盾を感じない。

尼崎安四の死はどちらかというと哀れな死であった。南方の戦線から復員した後、彼はどういう手づるでか、海人草の闇屋になって九州で活躍していたらしいが、商売仇と警察とに計られて、ながらく留置されているうちに、仕入先や販路を奪われてしまい、売掛金の焼けついている大阪の商人のところへ、払ってくれるまではと居催促に住みついたまではよかったが、海人草の闇も末路に来ていたらしく、ついには泊り先の商人一家もろとも飯もくえぬことになった。仕方がないから商人と日雇に出たが、そこが製鉄所で、一種のタコ部屋同然の働かし方で、一食コッペパン一つで、高い所までトロッコを押しのぼらねばならず、男泣きに泣きつつ働いたということであった。神戸一中時代にすでに剣道三段であり、腕力のつよい彼が、タコ部屋を腕にものをいわせて脱出しなかった訳はよく判らぬ。とにかく、そうした暮しのあと、彼は古紙買入の（クズや）仕事にかわり、わたしのところへやって来た。四国の妻君のいるところで、高校教師の口もないではないという話であったから、一も二もなくそれをすすめ、彼は一攫千金の夢をあきらめて四国へ帰った。彼はいい高校教師として生徒にしたわれたが、その時、すでに無茶苦茶だった闇屋時代の生活のタタリが出て、消化器系統の難病で入院死した。気分的には新しい文学的出発にはやりはじめていた時であって、無念の死といったところだろう。ことの色合いは大部かわるが、この無念さの点では、高橋和巳がこれをつぐものと思われる。

川野彰子の死はおそらく過労による電撃死といったようなもので、開業医の妻君と、母親の役と、小説書き（昇り坂にかかった）の三つの役をタフにこなし切って来ていたところが彼女の運のつきだったのだろう。感じとしては戦死というもので、当人は戦死のことも知らないといった形の戦死に見えた。

死から半月ほどもない前に、女の子を一人つれて、島京子と遊びに来たことがある。暑かったが、川野は暑さが何でもないような元気一杯という感じにみえた。しかし、内らできっと肝臓に無理がかかりつつあったのだろう。おしなべて女は顔にいろいろ塗って化粧をほどこすので、視診というのは実に不可能だ。家でも亭主に余り素顔を見せていなかったのだろうか。亭主が医者だけに落着かぬが、医者は家庭を診きれぬところもあるから、致し方なかったのだろう。

後に、田辺聖子が彼女の後に直り、彼女の遺児達を育てているが、随筆に、亭主や息子たちのことが出て来て、とかく男というものはといった歎声がもらされているのを読むと、これはわたし個人の勝手だが、何かほんの少しだけ閉口することがある。「死ぬ者貧乏」という諺をふと思い出す。すぐ忘れてしまうが。しかし、想像するに、リリーフキャッチャーも気楽そうにいってはいるが、実は大へんなことなのだろう。

堀ノ内歴は尼崎安四と同じく、戦前の『三人』以来の友人であったが、堀内進（堀ノ内歴）は中学時代休学していた頃、わたしが詩を書くことをすすめた少年であった。こちらも年もとり、少年も年をとり、VIKINGに出した詩がすぐ次の号にのらぬことと、選択されるためのらぬ作品が出ることを大いに不服として、VIKINGを去り、『果樹園』に定着した。この雑誌では彼の望みがそのまま果たせた。すべて二つの雑誌のそれぞれの実際的事情によるもので致し方ない。

堀ノ内歴は大進堂という古本屋をしており、清水幸義はそこの客であった。又、井口浩は『三人』以来の知り合いであり、又、時折井口を大名医と信頼して診察を受けに来た。旁々、わたしの悪口を大いについいたらしいが、清水も井口もそのようなことをわたしに告げはしなかった。しかし、閉口したとは、死後聞いた。

堀ノ内は店に坐りずめで、若いころ棒のようにやせていたのに、球のように肥えだした。肥えるのは体に悪いと思うと、やたらやせたがり、余り信じてはならぬ医者にかかって（こうなると井口のところへは足をむけず、時々、電話で井口の悪口をいう。もちろん、こちらは井口に伝えたりはしないが）その医者の名医ぶりをわたしにデンワで語って聞かせるが、どうも猛烈にやせる薬をのんでいるらしく、聞いて不安であった。しかし何といっても、彼は片意地に、その医者を名医といって、こちらを素人あつかいする。彼は眼医者の子で、兄弟に医者が何人もいるらしいのに薬を一度に三倍のめば三倍薬効があると信じ切っているので、はなはだ危かった。

大分無沙汰があって、突然泣き声で電話がかかって来た。

死にそうだから一度顔をみせてくれ、拝んでから死にたい、という。

おれは仏さんでないから、人に拝まれたくない。しかし、どうなったのか、ときくと、薬をのみすぎて、手脚が薪木のようになっているという。総合病院で見てもらったかというと、一度もという。叱りつけて、家人に、日赤病院（一番近い）へ必ずつれて行くように言った。

行くとすぐ入院させられて、酸素吸入という次第になり、二、三日で病院で死んだ。

腹だたしく、馬鹿馬鹿しく、愚死というより外にない。死んでのち、あちこちで大悪口をついていたことを聞いたが、一種の甘えみたいなものだったような気がする。愚死。全くけたはずれであった。

葬式には清水幸義が出た。

高橋和巳の死が次に来るが、まだ余り何をいう気がしない。一種愚死とほそぼそつながるところがあるような気がするし、三島の死と共に、役者の死といったにおいを鼻に感じないでもない。しかし、有名作家の死は死後がことに騒がしい。評論家が多くなりすぎたせいかも知れない。

騒がしいと、妙に冷たくなる。

「蜀碧」「嘉定屠城紀略」「揚州十日記」の、明末清初の大虐殺、大淫殺の記録をここのところ読んでいて、尚更にそうである。

生が見る死はむごたらしいし、哀れでもある、憤ろしくもある。しかし、死者は死んでいるから何ともない。顔がペッチャンコになっていようと、手足がばらばらであろうと、もはや関係ないことだ。

パロディの思想

だいぶ前からだが、本の広告を見ていると、やたらに「何々の思想」というのがある。はじめの内は、何やらキザな感じを受けて好ましからぬ思いがしていたが、何年間も四方八方から「何々の思想」が出てくると、ついにこっちもやられてしまって、「パロディの思想」などという文章を書かねばならなくなる。つまりは鈍感になったのだろう。しかし、「何々の思想」というこの「の」はどういう性質の「の」か、考えるとわからなくなる。考えないでいると別になんの不思議もないような気がする。

そのように、アイマイモコとした「の」で、すこぶるジユージザイ、ユーズームゲなところのある「の」であるらしい。日本という国はアイマイモコとユーズームゲとの特産国みたいなところがあるから、わたし一人がとやかくいってもしかたがない。万事おれの気に入らんようにこの世はできているのだと、はっきり腹をくくった方が、ノイローゼよけになる。世の中の気に入らなさ加減にいちいち腹をたてて、自己解体に及ぶというようなことは、わたしは大嫌いである。世の中、一切が忍《にん》の一字じゃと思うことにしている。時々忘れて、カッカとしかけるが、いいところで「忍の一字じゃ」を思い出すことにしている。ついでにいえば、「一寸先は闇じゃ」とも思う。

さて、パロディ、パロディと気やすくいうが、パロディとは何か。研究社の『新英和大辞典』を引いたら、大変すっきりした説明が出てきた。字引から引用するのは、字引というものの性格から、けっして盗作、盗用ということにはなるまいから、横のものを縦にして引用させてもらう。

パロディ(1)（ある作家・作品の作風や文体を諷刺または嘲弄的に模倣した）こっけいな作り替え詩文、戯文、もじり詩文、狂文。（楽曲などの）こっけい変曲。

(2)（真面目なことの）こっけいなまね、猿まね、へたな模倣、茶化し。

なお、これは他動詞でもあって、諷刺的にもじる、茶化す、こっけいにまねる、となる。ついでに、もじり詩文作者、狂文作者、かえ歌の作者をパロディストということを、今頃知った。しかし、パロディストというのは職業としてあるのだろうか。「ゲバゲバ九〇分」の作者連があるいはパロディストか。よくはわからない。フランスの作家のカミュとか、ロシアの作家のチェホフの初期とかは、まさしくパロディストのようである。『我輩は猫である』とか『坊っちゃん』を書いた頃の夏目漱石も、まあパロディストであろうか。しかし、これらの連中は、パロディの第二群の方へ入るので、本格的第一群には入りそうにない。

妙な偶然で、最近、この第一群のパロディを作った第一群本格派パロディストにつき当たった。そのパロディストとは徳川時代の公卿、烏丸光広（天正七年・一五七九―寛永十五年・一六三八）らしく、第一群的なものとしては『仁勢物語』が、第二群的なものとしては『竹斎物語』（芭蕉の狂句「木枯の身は竹斎に似たるかな」も、この『竹斎物語』による）がある。どちらも、著者は烏丸光広であろうということになっているが、さて確証はない。しかし、その学問的実力のほど、およびその経歴から見て、彼以外に著者は考えられないとまでされているらしいが、専門家でないから、わたしはよくしらぬ。学者の説を受け売りするにとどまる。

その受け売りの光広の経歴は、細川幽斎の愛弟子で和歌や狂歌をよくしたこと、次に、慶長・元和年間に度々江戸へ下り、『あづま道の記』（元和四年六月）といった紀行文さえあるという点から、京、東海道、江戸の名所記を、達人のごとき狂歌を挿入してある『竹斎物語』の著者に当てられる。

また、権大納言正二位の高位にありながら、遊女と歌のやりとりをしたり、慶長十四年の宮廷姦淫事件に連座して勅勘を蒙ったりしているらしい点は、『伊勢物語』のパロディ『仁勢物語』の著者とみなされるのも、もっともだという感じである。以上、受け売りである。なかなかに才能のある、しかし、手に負えない高級公卿という感じで、宮廷よりは宮廷外の方へ、身が六分方入りこんでいるような感じを受ける。

『仁勢物語』には返り点、送り仮名つきの漢文でかいたふざけた考証風の跋文がついているが、その中に「但シ貧賤乞食ヲ悲シミ、中ニ餅酒文哥ヲ戴ス」とある。このあたりにまさしく、庶民好きの、宮廷ぎらいの、高級公卿の片鱗がちらりとのぞいているような感じがしないでもない。『伊勢物語』はだいたい宮廷一辺倒、京第一主義の、雅《みや》び好みのものだから、それのパロディである『仁勢物語』は、およそそれらのものを、汚らしい庶民の生活にひきずり下ろす痛快さが底意になっているようだ。これがあるいは思想か。

例をひいていえばこうなる。

『伊勢物語』第一段は、むかし、をとこ〔をとこというと、大体色好みなる公卿在原業平のことを、それとはなく、しかも判るものには判るわねえ、という風に指すということになっているらしい。それが判らぬのは、つまり、田舎者で、都の人、もっと制限していえば宮廷人でないということになっている。をとこは男ではないか、何も業平とはかぎらん、などといっては眉をひそめられる。それならはっきり、昔などいわず、何の何の頃といい、をとこなどいわず、業平がといえばよかろうなどというと、野暮な人ねえ、みやびを知らないのね、となる。判っていねばならず、はっきりいってはならん。まことに雅なることは、普通人間にはジレッタイ〕が、初冠《うひかうぶり》して、〔というのは元服してということらしいが、二年ほど前、菊之助の義経が元服する場があり、なるほど、現在では見たこともない紙のひもを編んでつくって、うるしをぬって形をとったのではないかと思われる小さな冠りものを頭にくくりつけた、その小さな冠りものをつけることを、「うひかうぶりする」というのだろう〕そして、古都の奈良の春日の里へ、そこに領地があった関係で、狩にいった。

〔狩といえば、公卿のするのは専ら鷹狩りらしい。烏丸光広の生きていた慶長十八年六月に、家康は、公卿衆の放鷹を停止して、家学を奨励する命令を出したそうだ。『伊勢』の平安より、『仁勢』の徳川まで、公卿さんは放鷹に大へん熱心であったらしい。もっと自分の家に伝わっている学問を勉強しろという、まあ、お叱りだ。その丸三年半ほど前の慶長十四年十一月に「姦淫の女官・公家を諸島に流す」などのことがあったのに、一向に公卿の行ないが修まらなかったのか、または、逆にレジスタンスとして放鷹にうつつをぬかしていたのか、どっちともとれる。これは少しわき道にそれた〕

その里に「いとなまめいたる女はらから（きょうだい）」がすんでいた。思いがけぬふるい里に、大へん不似合であったので、心地がまどった。男は着ていた狩衣《かりぎぬ》の裾を切って、歌を書いて、やる。その男はしのぶずりの狩衣を着ていたのだった。

かすが野の若菜のすり衣しのぶのみだれ限り知られず〔若菜のしのぶずりの乱れに、自分の恋心のみだれを掛けている〕

とこう、大人ぶっていってやった。その時、その場にふさわしいこととでも思ったのだろう。

みちのく〔陸奥〕の忍ぶもぢずり誰ゆゑにみだれそめにし我ならなくに〔誰ゆえこう我にもなく心がみだれそめたのだろう〕

という歌の心ばえである。「昔の人は、かくいちはやい雅びをしたのである」とまあ、大体こういうことである。

が、「昔の人は、このように素早く（あるいは、年少のころから。この方がいいだろう）雅びをしたのである。あんたらみたいに、ぼんやりしていたのではないのよ。流石《さすが》ですわね」と、好色のみやび礼讃をほこらしげに、自慢たらしくやられると、少々ならず気が悪くなる。後から、書きつけた批評みたいなのが、本文にくっついてしまったように思え、また、この批評を書いたのは才はじけた女官くさいという感じがするのが、また、胸くそわるい。わたしでも、才とひまとがあったら、パロディを作ってやりたいぐらいであるが、才とひまとのあった烏丸光広がすでにやってくれているので、つづいてそれをかかげればすむ。それをしよう。

「をかし男〔むかし、をとこに対しては、まず原則的にをかし、男と出る〕ほうかぶりして、奈良の京春日の里へ、酒のみに行った。その里にいとなまぐさき魚〔いとなまめいたる女に対する〕はらか〔はらからに対する〕、思いもかけず、古巾着に〔ふる里にに対する〕いとはした銭も〔いとはしたなくてに対する〕なかったから、心地がまどった〔同一〕。男の着ていた〔同一〕借り着物《きるもの》〔狩衣に対する〕を脱いで、魚の直《あた》いにやる。〔歌を書きてやるに対する〕、その男は渋染の着物〔しのぶずりの狩衣に対する〕を着ていたのであった〔同一〕。と、こういってまた、ついでのんだ。酔うて、おもしろいことども〔おもしろきことともに対する〕を思ったのだろう。

道すがらしどろもぢすり〔しどろもどろ〕足元は乱れそめにし我ならざけに〔奈良酒に、ならなくにに対する〕という歌の心ばえである〔同一〕。昔人は〔同一〕こんないらちたる〔いらいらした、心せいた。いちはやきに対する〕のみようをしたのである」

少年のほのぼのしたような早熟の恋（大いにほめたたえられるべきであるらしい）が、無精髭《ぶしょうひげ》が生えているに決っているようなうらさびれた中年男（という感じがする）のせかせかした酒のみ話になってしまう。しかも、共通の点がびっしりあり、その点をパロディの針は正確に通過したり、また近似点を通ってずらしたりしつつ、あっちへ抜けこっちへ帰り、何かどこか似たような、そのくせとんでもない図柄を描き出してしまう。少年の恋もこうなってはさっぱりで、あまりすばらしくも高貴でも、みやびでもなくなり、なまぐさいはらか（この名前ははらわたがにおうというところから出たちょっと賤しめた魚名のような感じがする。例えば、猫またぎといった風のたちの）のにおいや、奈良酒によった「おかし男」の体臭までぷんとにおって来そうで、『伊勢』は香木の香り、『仁勢』は市中《いちなか》のもののにおいといったおもむきであり、香木の香りを嗅いだうえでふてぶてしく公卿衆の方へ吹きかえしておいて、下々の者のくらしのにおいの中にあぐらをかいている趣がある。

こっちにかぎると、烏丸光広という不埒な公卿はにやにやしているみたいで、そのにやにやも、三十、四十代のにやにやではなく、五十、六十代のにやにやのごとく自信に満ち重たい感じである。おそらく烏丸光広が『仁勢』をかいたとしたら、五十代に入ってからではあるまいか。彼は寛永十五年七月、数え六十歳で死んでいる。それに比べると、『伊勢』には時折どこかに宮廷の爛熟女のにおいが聞こえるようなところがままある。あるいは、べったり背後にある。そのような気がする。

当時、『伊勢物語』は大ベストセラーで、「をとこ」在原業平は大人気、恋の師匠、恋の天才、恋はかくこそするべかりけれと、そういうことになっていたということだ。熱中するものは、全段をすら暗誦できるくらいで、暗誦しつつ、それに陶酔していたらしく見える。誰が？　恋の指南書とまでいわれたこの本を、公卿の男たちが指南書として用いたかどうか。用いたかもしれん。しかし、最も多い読者は、ベストセラーの常として、若い女にあったろうと考えるのが順当である。

古今東西、小説や物語を胸わくわくさせて熱心に陶酔的によむのは青年男女にまあ決っている。なぜかといえば、彼らには未来がまだたくさんこれから出現してきそうなのであり、それには甘味のある指南書が必要なのであり、ついでにいえば、青年は体力の盛りにあって、つまい淫欲これたけりにたける状況であり、これで十分の感じがなく、まだいいもの、すばらしいものがあろうと浅ましいばかりに追求充足に急であり、いまいましいことだが、たしかに純粋可憐の声も発し、同時に世間知らずの高慢でまたひどく威丈高で、『伊勢物語』を理解するものはまあ我と「わがせこ」ぐらいであろうなあ、ほかの者はいってみればイモじゃわいといった気分でいる。

当人らははなはだユニイクなつもりでいるが、ユニイクが軒並にいるとは何とも滑稽なものであること、個性を表現するミニまたはホットパンツの流行といったもので、今年の流行はおそらく当社の大量生産によるお手頃のお値段の、個性的な何々ホットパンツでしょうといった滑稽さである。当社の方はそれでいいが、その当社の大量生産の個性的ミニスカートやホットパンツや水着や下着を着けて、鼻をツンとさせて意気がっているのを見ると、まあ、冷静な目と頭脳の人はばかばかしすぎて、いまいましいような、せせら笑いたいような気になるだろう。

ところで、鼻をツンとそらせて得意がり、人もなげな振舞いをするのは、まあ、若い女が多かろう。生理学的に、いや、こんな話はよそう。それらの聖典、ないしは、おだやかな意味での性典が、『伊勢物語』であったのだから、前後左右四方八方の女官たち、若い公卿たちの姦淫風景、その得意さ加減を眺めていたら、ちとは何とかいってみたくなるだろう。

それにしても『仁勢物語』をかいたとは、何という執念深さ、とはこれは思わぬ、何という才智、何という皮肉や、何という反抗心、何というおそろしいいたずら者、と、いくらでも形容がつづきそうだから、これはこれでよす。

烏丸光広という人は文章の達人であって、古人の文章を書き写していても、ここはまずいなあと、自分の思うように書き変えたという噂（その真偽は知らぬ）のある人だから、おそろしいいたずら者というよりは、もっとおそろしい何かであったのかも知れぬ。

おまけに、彼自身、どうやら徳川時代初期においての、宮廷内の公卿女官の姦淫大騒動に参加していて、大やけどをしているのだから、彼自身がまた、それで一つのパロディみたいでもある。まったく、ややこしい。

『伊勢』第六段は評判の高い段であり、『伊勢』の代表的な美しい段とされているようだ。

「むかし、おとこがおった。女のよう手に入れられそうにもない（え得じける）のを、年月をこえて求愛しつづけていたが、やっとのことで盗み出して、大へん暗いのにやって来た。芥川（高槻に今もある）という河につれて行ったら、草の上においていた露を、「あれは何ぞ」とこうおとこに問うた。前途もながく夜もふけてしまったから、荒れている蔵に、女をば奥におし入れて、おとこは弓籙《やなぐい》（矢を盛って背に負う具）を負うて戸口におった。もう夜も明けるだろうと思いつついたのに、鬼なのか（？）一口に食った。〝あなや〟といったけれど、雷の鳴る騒音によう聞かなかった。ようよう夜が明けて行くのに、見ると連れて来た女もいない。足ずりして泣いてもかいはない。

　白玉かなにぞと人の問ひし時露と答へて消えなましものを

（ここまでが物語で、ここで終わっているので、この後は、ほかの人がつけた賢《さか》しらの解説であろう。ちとげっそりする。）

これは、二条の后（文徳天皇の女御）が、いとこの女御の御もとで、侍女のような形でおられたのを、器量が大へん美しくあらせられたので、盗んで負うて出て行ったのを、御兄の堀河の大臣、長兄の国経の大納言がまだ低い身分で宮中に参上されるのに、大へん泣いている人があるのをききつけて、止めて取り返されたのであった。それをこのように鬼とはいうのである。まだ大へん若くて、后がただの御人でいらっしゃった時だとか」

この解説はまったくつやけしで、文徳天皇に対してもちと失礼の感もあるが、皇室と公卿とはどうせどこかで血のつながっている親戚一族のようなものだから、こう不遠慮にものがいえるのだろう。この解説者は何者か判りようはないが、機会あるごとに、「おとこ」と二条の后とをくっつける解説に熱心になるようだが、それほどに「おとこ」業平がすばらしかったという気なのか、その業平がほれこんだ二条の后がすばらしかったという気なのか、そのどっちか判らぬ。あるいは双方をほめたたえているのかもしれない。これはスキャンダルであるなどといい立てているのでは、全然なさそうだ。しかし、どうしてこんな物語のロマンティックさに水をさすような、「真相はこうだ」をくっつけたいのか、それが判らぬ。多分、女の人であろうが、事情通をほこっている面もあるのかもしれない。

『仁勢』では、何ともこれが血なまぐさく、品下った話になる。

「おかし、男ありけり。女が子供を生もうとしているのを、腰をとらえて、痛がりつづけるのを、やっと生ませて、大へん暗いのに、芥紙（不用になった紙）の破れなどを敷いて、草の上に置いた子を、〝あれは男か女子か〟と、男に問うた。後産も遅く夜も更けたから、鬼子とも知らないで、髪さえ大へん特別黒く、顔も大変ふりまわったから、戸じまりのない（あばらなる）暗がりに、女をば奥に押し入れて、男は湯をわかさせて浴びせておった。まだ夜も明けぬのに、この子は大きくなくて、鬼子は母を一口に食ったのだった。〝あいたや〟といったけれど、安産の祈禱の鐘のなるさわぎに、よう聞かなかった。ようよう夜も明けて行くと、見れば生んだ女も子もいない。足ずりをして、泣いてもかいがない。

おの子こかなにぞと人の問ひし時鬼と答へて斬りなまし物を

（これからの解説の部分、なかなかの苦心の作に見えるが、さすがに骨折り損のくたびれもうけのような感も受ける。パロディ第二類は制約が多くてなかなか難儀で、この解説部分は少しやけくそのの投げやりみたいな風にも見える）

これは二条の戻橋《もどりばし》のたもとに、柄巻屋があったのだが、刀の柄糸、目貫などを盗まれて、追うて出たところが、堀川あたりで、太郎左衛門墨壺という大工が、まだ暗いのに出たのに、一生懸命追っかけている人があるのを見て、止めて取り返したのだ。その夜、鬼子をば生んだ」

『伊勢』の可憐なみやび、哀切（もっとも『伊勢』の「露とこたえて消えなましものを」というのは、哀切は哀切だが、そこで消えたら、真っ暗な芥川堤に可憐な少女が独りだけ残されてしまうではないかと、歌人得手勝手の見栄切りの感を抱くが）に対して、『仁勢』の方は、なんとも殺風景な出産風景で、しかもなかなか後産はおりないし、産婆もいないらしいのに、安産祈禱の鐘が騒がしくなっているというのも妙だが、妙なりにこれも一幅の柄になっていないこともない。『伊勢』『仁勢』ともにこの第六段はなかなか、ロマンティックで絵になる。しかし、鬼にすらりと娘がくわれるよりも、自分が生んだ鬼子に母である女がくわれる方が、話としては曲折があって面白い。説明部分にいたっては『仁勢』の方は語呂合わせ、もじりに必死で、ろくな話にもならなかった。説明のもったいくさの点では何とかようやく喰いつき得た様子もあるといえばいえそうである。話の本《もと》のが面白くないと、パロディストも気迫をそがれて、かえって下手をやるらしくも思われる。ごてごてしていないすっきりした本の物語には、すっきりとしたパロディがつけられる。『伊勢』は後に行くほど、何やらごてごてした固有名詞や、事実話が混入してくることが多く、そのことについて『伊勢』学者はいろいろ考究することが多くて、『伊勢』の成立についていろいろ論議を立てたりして、さぞ興味深かろうと思われる。しかし、パロディストの烏丸光広は何かかんかと苦労が多くなるようだ。

それをこんどは、いちいち小うるさく、センテンスごとにくっついて行って見たい。『伊勢』第七十八段でやって見る。「　」は『伊勢』、『　』は『仁勢』とする。


「むかし、多賀幾子《たかきこ》と申す女御おはしましけり」

『をかし、鷹匠《たかしょう》の娘をはしけり』

「うせ給ひて七七日《なななぬか》のみわざ（四十九日の法事）安祥寺にてしけり」

『嫁入りして七ヶ日の祝ひ、安穏《あんのん》にしけり』

「右大将藤原の常行といふ人いまそがりけり（おいでになった）。そのみわざ（法事）にまうで給ひて、かへさに（帰りに）、山科の禅師《ぜんじ》の親王《みこ》おはします、その山科の宮に、滝おとし、水走らせなどして、おもしろく造られたるにもうで給ふて、〃年ごろよそにはつかうまつれど（お仕えしていますが）、近くはいまだつかうまつらず。今宵はここにさぶらはむ〃と申し給ふ」

『鵜師殿こふのなにがし、その祝言に参りて、かへさに、山崎のせむし（一説にせむしは禅師かとある。瀬虫で淀河を上る船を曳く曳き子のことかと推量したが、曳く姿がせむし——不具の——のようなということと思い合わせて、話としては面白いが、文献で見たことがないと学者にいわれた。司馬遼太郎の説では、せむしで職業をあらわしているというのなら、それは隠亡《おんぼう》であろうという。徳川の政治はわりに不具者に厚く、盲にはあんま、金貸しを独占的な仕事として与え、せむしなどには隠亡などの仕事を与えたのだという）の子のいられける山崎の家に、滝落し、水はしらせなどして、おもしろく造られたるにまいりて、〃年比よそにては、鵜つかへども、近くつかひて御目にかけず。今宵爰《ここ》にて、見せ申さん〃と云ふ』

「親王《みこ》よろこびたまふて、夜の御座《おまし》（寝所、ここでは宴席であろうと、注にある）の設けさせ給ふ」

『此子悦びて、夜の物（夜具）などかりてけり。（鵜師のためにであろうかと思う）』

「さるに、かの大将、出でてたばかり（相談する）たまふう、〃宮づかへのはじめに、ただなほやはあるべき（ただそのままというわけには行くまい）。三条の大御幸《みゆき》（三条邸への大行幸）せし時、紀の国の千里の浜にありける、いとおもしろき石たてまつれりき。大御幸の後（すんでから）たてまつれりしかば、ある人の御曹司《みぞうし》（お部屋）の前の溝にすえたりしを、島（庭園）このみ給ふ君なり、この石をたてまつらむ〃とのたまひて、御随身《みずいしん》、舎人《とねり》して取りにつかはす。いくばくもなくて持《も》て来《き》ぬ」

『さるに、かの鵜師出《い》でて、さげすみけるやう、〃家見（新築祝い）のはじめに、ただ何をか参らすべき。三条の大路に紀の国木綿《もめん》有りけり。いとおもしろき筋、たてませり（織り立ててあった）。大雪ののち買ひたりしかば、いらで有りければ（不必要であったから）、味噌にかへたがりけるを、嶋（縞物）このみ給ふ人なり。此木綿奉らむ〃と思ひて、みづし女（水仕女）して取りつかはす。いくばくもなく持《も》て来《き》ぬ』

「この石、きさしよりは見るはまされり」

『此木綿聞きしよりは、見るにまされり』

「これをただに奉らはすずろ（殺風景、風情がない、関西弁でいえば愛想なし）なるべしとて、人々に歌よませ給ふ」

『これをただ（このまま）まいらせんは、〔いかがなものか〕、すず（夜具の四隅につける鈴の由）なども添ゆべしとて、歌よむ人によませけり』

「右の馬の頭《かみ》なりける人（在原業平）のをなむ、あをき苔をきざみて、蒔絵のかた（型）にこの歌をつけて奉りける」

『右の鵜師の子なりける人のをなん、青ききざみたばこを包みたる紙に、書きつけまいらす』

「あかねども（不満足ですが）岩にぞかふる（岩を代わりにします）色見えぬ心を見せむよしのなければ（目に見えぬわたしの心をお見せする方法がありませんから）、となむよめりける」

『あかね（茜）ともべに（紅）ともかつて（？　勝手、という気もする）色みへぬ心ざしてふよしのなければ（茜とも紅とも勝手に解釈して下さい、色が見えぬ志などという筈はないのだから、という気がする、まちがっているかもしれぬ）』

身分の高い人々に対して使う敬語を、鷹匠の娘、鵜師、せむしの子に対して使うのは、鷹匠の娘、鵜師、せむしの子たちを、おちょくっているのではなく、おそらく敬語（および敬語社会・敬語階級）のとりすまし加減をおちょくって（嘲弄して）いるのであろう。

祝いに送る品が、右大臣藤原常行の紀の国の石も、鵜師の紀の国の木綿も、どちらも廃物利用めいているのが面白い。石は御幸におくれて溝に据え捨てにされていたようなもの、木綿は何やら理由はよく理解しがたいところがあるが、どうやらこれも季節おくれて、鵜師の妻君はしきりと味噌とかえたがっていたもので、同じ廃物といっても、鵜師の木綿の方がまだしも交換価値がある。石の方はまったくどうにもなるまい。

「たばかる」は「た計る」で、まさしく「相談する」でもあるだろうが、もう一つすすんで、「だます、ひっかける、ろうらくする」ということにもなる。烏丸光広が『仁勢』で「たばかる」に対して「さげすむ」を持ち出しているところ、「相談する」と正読を勿論しつつ、これは一つ意味があるわい、廃物の石を奉って相手をよろこばせようという魂胆は、たとえその石がいかにめでたい立派な石にせよ、二度のお勤めの廃物利用で、も一つの意味の「だます、ろうらくする」に掛らぬこともないと、皮肉な表情をしたような気がしないでもない。暮らしにこまりもしていまい庭園きちがいに廃物の石を贈るのと、夜具の余分もなさそうな相手に、たとえ、「さげすむ」にしても、不用の品にしても、とにかく味噌とは交換できる紀の国木綿を、相手が縞物好きだということも考えて、贈ってやるのとでは、石より木綿が温くも柔かくもあるわいなと、鵜師に軍配を挙げたくもなろうというものだ。ではあるまいか。

歌も、『仁勢』の狂歌は「色見えぬ心を見せむ」の「色見えぬ」の上品さにケチをつけている感がある。上品ぶりが何とも気にくわぬ精神がどうも烏丸光広を公卿の生活基準をふみやぶるような庶民好み、庶民びいきへ押しやったらしい。

飯沢匡の持論によると、「徳川幕府が（おそらくは儒教政治によって）日本人から笑いをうばった。少なくとも、笑いの位置を低いところへと押しつけてしまった」と、だいたいそのようなことであったが、室町の狂言も、徳川に入ると下克上のその諷刺の豪快さを失い、上におもねった遠慮がちの狂言に少しずつ演じかえられて行ったらしい。主として悲劇を演ずる歌舞伎は高級で、落語は一段の下のものと見られる。同じく、能は高級で、狂言は一段下段のものとなる。このことは明治政府にもそのまま受けつがれ、真面目であること、悲壮なことが美徳であり、滑稽なこと、不行儀なことは悪徳となる。表面を生かして、根元を殺す、偽善お体裁による上下の体制がうまく教えこまれた。これは困った。パロディの精神は押え込まれた。

とはいえ、そうばかりではあるまいと、幾分わたしはのんきなところがある。パロディの精神は何百年もかかって押え込まれたかもしれないが、パロディの精神の炎が吹き出すところは、ずっと下の方に由来あって、生活そのものから出てくるものであり、ものの道理や理屈やお説教にくらまされない明敏さを本質的にもっているようだ。

落首、川柳、狂歌のたぐい、軍歌の替え歌、流行歌の替え歌、それらにはパロディの精神が率直な姿で、核としてあるみたいに思われる。

狂言と、落首、そして戦国、徳川、明治以降の、流行歌や、替歌について触れると、もっと具体的にものが言えそうで、はなはだじれったいが、身近にそのような資料をもっていないし、調べ歩くにも、それこそ、その「よし」がないような有様でどうにもならない。大ざっぱにいえば、パロディというのは泣き言では、まずなさそうで、もっと陽気なエネルギーをもち、悪達者とも思われるぐらいの表現腕力をもち、上に対して屈服、忠誠の念をもたず、はなはだ物の表面を疑い、裏に対して敏感であり、甘っちょろい上の者の自己満足を許さず、何としても「王様はハダカだ」とか「王様の耳はロバの耳」とか、言うのに相当恐怖があって、自己抑制が働いても、ついに何とか工夫して、「王様」がその権力をいかに用いてこようとも、どうしても罰することができぬ、「王様」にとって大へん胸くその悪い形の、やんわりとしてえげつない笑いを製造してしまう。むしろ男性的な精神のようである。工夫が下手なら、罰せられるだろうが、その工夫の結構な道具が、あるいみでは一種の下品さであり、とほうもないナンセンスを含む笑いというものであって、思想といった風の立派なお顔が見えるようでは、それすなわちパロディの思想よりはずれること千万粁といった風のものであろうとても、官員風の思想ではない。

マンマンデーとカイカイデー

戦争で大陸中国にいた時、江西省から広東省の南まで、陸路を通って馬を輸送して行くことになった。その仕事を一人の古参兵がきらって出発間ぎわに仮病を使って、船で行く本隊の方へ帰ってしまった。その男の連れて行く馬が御者なしとなるので、急に苦力《クーリー》の青年の内の一人、崔長英というひどいヒゼン（皮膚病の一種）をからだ中にかいている小柄な不良青年みたいな感じのものにその馬を扱わせた。

彼はそれまで馬を扱った経験はなさそうなのだが、決められたことは素直にやるたちらしく、すぐさま馬の手綱をとって、行軍に加わった。二、三日すると、中隊中の御者どもがみな彼に感心してしまった。労をいとわず馬の世話をすることに感心したのはもちろんだが、馬がきげんを損じたり、疲れたりして、言うことをいっこうにきこうとしない場合、日本軍の御者みたいに性急に棒でたたいたり、手綱をしゃくったりすることをしないで、ゆっくりくり返して馬に話しかけ、からだを柔らかく押したりして、結局は馬を思う通りにしてしまうということに最も感心させられた。

これはどうも伝統的な、中国人の動物のあしらい方のようで、漫々的（マンマンデー）みたいにみえて、結局は快々的（カイカイデー）であった。馬そのものが納得して動くからだ。これに対して、われわれ日本兵の動物あしらいは性急で、馬がいうことをきかぬと、すぐ棒でひっぱたいたりする。快々的を望んで、混乱と、渋滞とをまねくばかりだ。

この青年とわれわれを比較してみていて、やはり民族性の点で、どうも中国人の方がわれわれ日本人よりずっとねれているし、度量もひろく、文化も複雑で深いということを痛感した。

わたしは中隊一のあばれ馬の大きいのを連れていたが、以降この崔先生の気分を見ならってそれを扱うことにした。

ある夜、大きい寺の門のところで泊まったが、放馬したあばれ馬の名をやさしく呼んでいると、ゆっくりと近づいて来た。うれしかった。

高村さんのこと

わたしは昭和十二年の夏か秋のころ、高村さんにはじめて会った。丁度、勤めていた大阪府庁から、商工省の度量衡講習会（八月―十二月）に出張を命じられて東上し、下宿したのが、文京区千駄木町で、林町の高村さんの家と、歩いて五分もかからぬところであった。

わたしは昭和十年、黒部川に足をふみすべらせて落ちこみ流されて不慮の死をとげたわたしの師匠の竹内勝太郎の原稿を東京にまで持って来ていた。又、竹内勝太郎が生前、林町に高村光太郎を訪問し、ひそかに敬愛の念をもっていることを、談話からも、彼の日記からも、知っていた。竹内勝太郎は玄関にドサッと置かれてあった米俵と、庭でパンツ一つで洗濯ものを干している智恵子さんにはなはだ感心したらしかった。勿論、あってみた高村さんの人柄にうたれたことは大きかった。

しかし、この訪問一回ぎりで、その後、高村さんに会っていない。もっと本物をつかんでから会いに行きたいというようなことが日記にはあった。高村さんを竹内さんは大きく買っていたことになる。竹内勝太郎は小説家では志賀直哉、詩人では高村光太郎を別格に考えていたようなところがある。人柄の問題かも知れぬ。といって、作品が第一だろうけれど。志賀さんとは実際上の交際があったが、高村さんとは一回ぎりであった。しかし、詩集は必ず送っていた。志賀さんは読みもせずだが(彼は詩というものに冷淡であった)、高村さんは読んだ上で好意的な礼状をいつも竹内勝太郎に出している。

年齢を考えると、高村光太郎、志賀直哉が共に一八八三年(明治十六年)、竹内勝太郎が一八九四年(明治二十七年)、ついでにわたしは一九一三年(大正二年)で、志賀さん、高村さんは竹内さんより十一歳上であった。兄事するという気分に適当なへだたりである。ついでにいえば、竹内さんとわたしは十九歳ちがい、師事的気分に適当というところだ。そうなると、高村さんとわたしとのちがいは三十歳ということになる。

昭和十二年は一九三七年で、高村さんは五十五歳、わたしは二十五歳であった。どういうわけか、わたしには心理的にもたれかかっていいお爺さんのような気がした。あちらは長身であり、こちらは短軀であった。あちらは有名極まっており(もっとも彼にとってそんなことはどうでもいいことだったろう)、こちらは無名の詩人であった。しかし彼はわたしらのやっている『三人』という同人誌は見知っていたし、又、故竹内勝太郎の詩に対して大きい好意をもっていた。その上、彼の江戸言葉は音がやさしくて落ち着いていて、関西人のわたしにとってはなはだ親しい心くつろぐ響きのものであった。

わたしは竹内勝太郎の晩年の、未刊の詩稿を持ちこみ、高村さんは念を入れてそれを読み、讃嘆の声をもらし、わたしがそれを出版したい意嚮《いこう》をもらして助力を乞うと、その労力はいとわぬということであった。

講習が終わり、大阪へ引き上げる時、わたしは高村さんに何かかいて下さいとたのんだ。彼はただ上げるのは厭だから、あなたの絵と交換しようといい、わたしは絵をかいていて、色紙の書をもらった。寒山詩の一句らしく「此珠無価宝　光」とある。もって帰って、竹内さんの心友であり、『三人』を応援してくれていた画家の榊原紫峰に見せると、これはいい褒め言葉だよと紫峰さんはわたしに言った。

それから随分たって（今そのことについて気がついておどろいたが）昭和十五年、弘文堂書房より、竹内勝太郎の詩文集『春の犠牲』出版の話が出、昭和十六年一月出版されたが、高村さんが共同編集者となり、跋文を書いてくれるということがあったからこそ出たのであった。題字も高村さんであった。装釘は紫峰さんであった。この二人の人はそれによって書店から支払われた原稿料、装釘料など丸々『三人』に寄付してしまった。

高村さんに、お礼に竹内さんの遺品のジャケツをもらってほしいといってやると、それよりは竹内さんのペン軸をいただきたいといって来た。竹内勝太郎が足をふみすべらして山肌を落ちて行く時、岩に胸をうって、折れて残っていた万年筆の先を、書斎に残っていた別の万年筆の軸にさしこんで贈った。林町のアトリエが空襲でやけた際、それも焼失した筈である。高村さんの色紙はわたしの手許に現存する。しかし、高村さん、紫峰さん、志賀さん、みなもうこの世にない。何をどう思っていいか判らぬ。

美貌の花田、今やなし

悪いとは聞いていたが、遂に花田清輝が死んだことを知り、うっとうしいことこの上ない。おまけに天気は曇りで、風も吹かない。ここ一年半ほどの間に、病人死人が連続して全く面白くない。生命あるものはいずれは死ぬのが判っているから、こうなれば余り新しい知人などは作らぬようにして、知り合いとなるのはもう死んでしまった人間に限るということをよく考えた。

それで、人にたのまれるままに、陶淵明とつきあったり、西行とつきあったり、鴨長明とつきあったり、烏丸光広や細川幽斎とつきあったり、今はひょんなことで京都所司代だった板倉勝重とつきあったりしているが、こっちがつきあうばかりで、向こうからは何の反応もないのだから頼りないかぎりで、こういうことばかりやっているのは精神の衛生上わるいぞと思わざるを得ない。

思ってみると、花田清輝なんかも、ここのところ室町時代の人物と相当綿密につきあっており、その著書をもらうたびに、これは大変しんどい仕事で腕力がいるなあと思っていた。しかし、最初に彼と彼の室であった時、あんたは喧嘩が強そうやなあというと、うん、僕は喧嘩はつよいといったので、ずっと彼の健康のことなど心配したことなかった。八十九十まで悠然と、精神の腕力をつかって生きて行き、しまいには塚原卜伝みたいになるのではないかと思っていた。彼のごとく刺戟的な人間には生きていてほしかったし、こう早く死ぬなど思ったこともない。

ここ一年半ほどの間に、父が死に、母が死に、その看病づかれで死にはせんかと心配した女房はどうやら助かり、やれやれと思っていると、どうも花田さんが今度は悪いらしいと突然飯沢匡が知らせてくれてびっくりした。わたしは花田家で知っているのは亡くなったお母さんになる人と、清輝本人で、二回ほど花田家へ行った時も、奥さんにも息子さんにも逢っていないし、その名前も知らない。

花田とそっくりの字を書くと、奥さんが不思議そうにハガキを眺めていたという話は誰かに聞いたことがある。（後に奥さんはたしかに逢っているといって来た）

又、時折やってくる編集者が、「東に花田あり西に富士あり」など妙なことをいうから、そのわけをきくと、一生懸命ものを書くがいつまでたっても貧乏である双璧であるという意味ですと腐らせるようなことをいった。時には、こないだ花田さんにお目にかかったら、富士君はどうして食っているのだろうと、大変案じておられましたなどいう。わたしの方は花田の生計については心配したことがない。扶養家族の数が全然ちがうし、いつだったか、彼が僕は女房の扶養家族であると言うか書くかしていたと聞いたことがあるからだ。

飯沢匡の大変心配そうなハガキを見ても、つよい花田清輝という気がしみついているわたしは余り心配しないでいた。

ところが、これもつよい辰年の連中と思いこんでいた大山定一が死に、一月たつかたたぬかに同じく辰年の花柳芳兵衛が死んだ。入院していることも殆んど知らずにいた。この連中も八十九十までは生きそうなとわたしが思っていた特に堅牢そうな連中であった。死なれて腹がたって来た。わたしの父や母のように八十を越していると、これは天寿と思うから腹もたたぬが、好いている人物が死ぬと悲しむよりムカッ腹をたてる癖がわたしにはあるらしい。ムカッ腹たてすぎて、葬式にも行かない。無理に出かけると、どういうわけか葬式が終わるまで式場に到着出来ない。

葬式の時間には家で何しているかと思うと、故人の書いたものを読んでいることもあり、ぼんやりと思い出していることもありで、頼りないことおびただしい。行かないのは、その死を確認するのが厭であるためらしい。確認しなければ、この世のどこかにその人がいると考えてもいいわけだ。

東京に花田清輝がおるということは一種の安心感をわたしに与えていた。その癖あったのは東京で二度、関西で一度ぐらいで、まともな話といえば彼がジャーナリズムに対してもっと勇猛心をもやさねばいかんと説教し、そんな気にはならんとわたしが返答したことか、サーバーみたいな本をかいたらとすすめてくれた位のことだった。その割にがんとして花田清輝がわたしの中にいるのは、やはり彼の著書のおかげらしい。わたしは年に一回ぐらい彼の本をよみかえすが、よみかえす度に、はなはだ難解で、はなはだ刺戟的で、はなはだ快感がある。

テレビで、昔の映画を見ていると、バート・ランカスターというのが出て来て、妙に花田清輝のことを思い出させる。

いつだったか彼は自分のエッセイ集の著者近影のところに、西部劇のスターの写真を入れたがったのに、編集者に理解がなくて駄目だったとぼやいていたが、あれはバート・ランカスターだったのだろうか。

しかし、六十前後になってからは、写真で見ると、実に美貌となって来ていて、いつも感心して眺めていた。西部劇のスターに代役をつとめさせなくても結構ピカッと輝く一つのスターであった。まあ、ぼやきにぼやいても仕方ない。つい最近、『日野富子』を再読して実に爽快だった。人は亡くなっても、物は残る。まあ腹をたてつつ、あきらめて読むとするか。

子規と虚子

随分ながい間、子規のことは考えたことがなかった。その本も持っていないし、考えねばならぬような方面の仕事はしていなかった。

虚子のことは時に考えることがあった。父や叔父が虚子の弟子であったたし、詩人の伊東静雄が虚子の小説の中にみられる一種酷薄な精神を高く評価して話すことがあったからだ。

わたしも時々『ホトトギス』で虚子の文章をよんでおり、目下のものの書きようにはっきり目下、召使いとケジメがついていることに、一種のこわさを感じており、彼が「大悪人虚子」などと俳句の中で書いていると、何とあっぱれな大悪人であることよと舌をまいていた。非常に冷い精神をそこに感じた。『ホトトギス』同人をえらぶえらび方に、俳句の上手を必ずしも同人としているわけではない、他の事情をあわせ考えて同人に推しているわけであるとはっきり書いたのにもおどろいた。他の事情とはその人の地位、名誉、財力のごとき、はなはだ実際的な事情であって、こんなことを眉も動かさず言えるところから、虚子は大臣が優につとまるといわれた。同人には有名政治家、高級官僚、財産家、有名俳優、作家（例えば吉屋信子）などが多く、叔父も、弁護士であり、県会議員であったせいか、早くから同人であった。安サラリーマンにすぎぬ父など、虚子に対して絶対忠誠といったところがあったが、同人の声はついにかからなかった。同人になるのには貢物《みつぎもの》が沢山いるのよ、わしもそれを大いにつとめて同人になったのじゃ、と半ば虚子をあざけるみたいに叔父がいったのを聞いたことがある。かげであざけっていても、当の虚子の目の前に出たら、その小さな体に威圧されて、手も足も出ないのらしかった。

そうした虚子から見ると、子規は時に大仰にさわぎ立てる御山の大将といったところで、内心おかしがっていたのではあるまいか。そして冷静に子規の仕事のいいところは見きわめていたという感じがする。

虚子は冷たいが、子規は温い、と同時に仕事の点では沸きかえるほど暖いところがある。子規が新しいものの、多産な創造者とすれば、虚子はその後を一糸乱れず処理して行った大処理者に見える。だから、人を見る目は子規は幾分甘く、虚子は冷酷なほど正確であったであろう。子規は自分に大天才を感じていたであろうが、虚子はそのようなことはおかしくて考えもしなかったであろう。そして無邪気極まる英雄みたいな子規を前に、わが身を顧みるとそこに大悪人虚子と打ち出してくるより仕方なかったのではあるまいか。

子規には信長にみられるような天下をひっくりかえす破壊力、戦上手、そして秀吉に見られるような陽性なまとめる力、統率性があるように思われるのに対して、虚子はやはり家康のもつ落着いて綿密な政治性を感じないわけに行かぬ。おそらく『ホトトギス』は子規がずっと生きてやっていたら、不安定なものになったのではあるまいか。その尻をいやいやのような顔をしつつ押しつけられ、盤石のごとき安定を作り上げ、組織したのは虚子であると考えられる。

子規が一高出身者、虚子が三高出身者であるということも面白いが、あの時代の高等学校に入り得たということで、彼等が得たであろう自信の大きさは、今から想像することはむつかしい。現在有名国立大学の教授になって得られる自信よりずっと大きく根深いものではあるまいかと想像される。その自信なくては、また周囲のその自信への肯定尊敬なくては、子規も虚子もあれだけのことは出来なかったのではないかと思われる。それぞれ、いい時世に、いい年齢でつき当った幸運がありそうである。

子規の途方もない太陽性は、何ともチョコマカとして来て、清潔感にはなはだ乏しい現代日本においては甚だまぶしいものに見えるであろう。

その活潑なまぶしさが読者に働きかけて、読者もつい子規風に動きはじめかねない。それが今の若者の白けきった気持に、若い仕事というものはこういうものだということを知らせるのではあるまいかと思う。

どこが出発点でもいいから、とにかく前へ前へ、古い地図など気にかけず、自分の脚で歩き、自分の目で見、新しい地図をつくり出してやろうという気になろうというものではないか。

司馬遼太郎の『坂の上の雲』をよんだ時、そこへ出て来る子規たちの若さ、弾みある心が何とも爽快であったが、子規自身のもので、ジカにそれを味わえればそれに越したことはない。

伊東静雄と日本浪曼派

伊東静雄は今思ってみると、友人と友人を引き合わせるのが好きなような一面があった。この趣味から、戦争中、わたしは藤沢桓夫とも知り合いになり、桑原武夫とも知り合いになった。中島栄治郎ともほんの少し顔を合わせ、これも伊東に紹介された林富士馬につれられて当時、東京にいた保田与重郎や蓮田善明のところへも行ったことがある。しかし、印象に残っている会話などないところを見ると、わたしに対して語るに足るという感じを彼らが抱かなかったのかも知れない。またこっちには彼らに語りかけたり質問したりする種が一向になかったということにもなるであろう。

そのころすでに彼は『コギト』に迎えられ、『四季』に迎えられ、『日本浪曼派』に迎えられ、『文学界』などや、新聞から原稿を求められ、萩原朔太郎に激賞され、第一回透谷賞を受賞するという風に詩壇文壇的には大いに成果が上っていた（?）筈なのだが、そのような成果に対して不感症同然の、つまり余り『コギト』『四季』『日本浪曼派』などについて関心の欠如していたわたし相手では、少し勝手のちがうところがあったかと思われ、そうした有力同人雑誌の人々についてそう喋って聞かせるという事もなかった気がする。

その折々、彼を興奮させた詩人、小説家について喋ってくれることはあった。森鷗外の戦争詩（ボタンの出てくる）、妻君が新聞記者と姦通する小説（それが何かをいまだにわたしは知らない）、佐藤春夫の詩、中勘助の詩および散文、虚子の冷酷さについての礼讃、透谷賞の時の、萩原朔太郎と三好達治の口論にはほとんどふれず、その後、中原中也が僕のところへとまれとさそってくれ、ついて行くと飲み屋の勘定をはらわされ（客が勘定を持つのが東京文壇の風儀であるというようなことを中原がいって、伊東は快く払ったそうな）、そのあと中原は伊東を青山二郎の家へつれて行き（自分の尊敬する青山二郎と自分との親しさでも見せつけたかったのかも知れん）青山二郎と、そこにいる変な女（伊東がそういった）とにお世辞たらたら（ジイチャン、ジイチャンと中也はしきりに呼びかけたそうな）の中也は全然この二人に無視され、紹介された静雄も屁のごとく黙殺されて帰り、中也の家にとまったが、中也は会の時の萩原朔太郎のボロボロ飯粒を頰っぺたからこぼす（茶碗を頰にくっつけるみたいにして食うのだそうな）ありさまを痛罵しどおしであったという。しかし、声をかけて泊めてくれたことで静雄は中也を一生徳としていたようなところがあった。東京の詩人はみんな薄情ですと伊東はいった。

わたしは仲間に評判の悪い人が好きですと、伊東は中原中也、辻野久憲を評判の悪い絶頂で大へん好いていた。不思議なところがここにある。

しかし、佐藤春夫が人に旅行の案内とかいろいろ世話をかけておいて、後で必ずその不手際の不平を書くということを面白がっていたり、中勘助が貰い物を必ず日記に書くことを少々尊敬していたりするところを見ると、この不思議さも大して不思議でないのかも知れない。何しろ、イロニイとクセニエというのが脳髄にくっついて、からみついているような人物だから、褒めようにも、けなしようにも厄介な、また、得手勝手なところがあった。

朔太郎が飯粒をボロボロこぼすことへの軽蔑を中原中也に共感しているかと思うと、保田与重郎が会合に於いて、目上がおろうと、先輩がおろうと床柱を背負って座ってしまう田舎大尽の跡取り的無知も、飯粒をボロボロこぼしつつ立て膝して飯をくうこれも野放図の不行儀も、朔太郎と似たかよったかだと思われるのに伊東の評価は全く逆で、保田の不行儀を不行儀とは思わず、さすが天皇家よりも歴史の古い家柄の御物領と、本気になって礼讃するのであったから、こちらは呆れ果てて、異議も申し立てなかった。

大体その頃は伊東に於いて保田時代の感じがあり、保田の英雄談議が、伊東の魂の底までしみこんでいて、自分もひょっとしたら英雄になるのではあるまいかと、夜中に折々こころがたかぶったことがありそうでもある。

保田が伊東の本棚の有朋堂文庫を眺め、ま、この位は読んでおかねばならんなと、軽くいった話など、どうやら尊敬の念深く喋っていたような気がする。

或る時、彼はわたしを軽んじるようにいったことがある。

なるほどあなたは豪傑かも知れないが、わたしは英雄になる方法を今学びつつあるのです。豪傑はいくらえらくなっても、到底英雄には及ばないのです。

ぽかんと彼の顔をみている外なかった。

しかし、日本浪曼派のほかの人物については聞いたことがない。その派の理想についても同じことだ。大体わたしは壮士ぶった大ゲサな物言いを嫌い軽蔑していたから、聞かせなかったのかも知れぬ。戦争詩を見ても、伊東自身大言壮語はやっていない。だから、そんな話はしなかったのだろう。英雄論だけは今以って首をひねっている。

ああせわしなや

竹藪の中の小屋で悠々閑々としている風に人から思われていることが多いが、竹藪はとっくの昔に枯れ果てて、そこにしょぼしょぼ辛うじて生きていた雑木が急にのして来て、竹藪変じて雑木の藪になり、小屋は同じだが、中の人間はあわただしい変化があって、主人も一向に悠々閑々としていない。車でももって捉えにこないと外出はしないから、毎日小屋の中に坐っているのが人には悠々閑々と誤解されるらしい。

しかし、毎日四つの新聞をよんで切り抜きもやり、テレビのニュースも眺めていると、小屋の中に全日本、全世界が侵入してくるのだから、ああこの世はせわしいなあと嘆じてばかりいる。わたしがせわしいというよりは、世界がせわしく、クーデター、爆破、暗殺、親殺し、子殺し、自分殺し、大雨、洪水、旱魃、地震、天災、人災まあよくもこんなに起るものだと一々あきれて、せわしながっている。

むしろ、こないだなくなったきだ・みのるに学んで、新聞、テレビと絶縁すればいいところだが、せわしながっている癖に、幾分興味が深いところがあるので、テンから縁切りは出来ない。悠々閑々どころか実りのない多忙で、一喜一憂しすぎて、時におれは阿呆じゃあるまいかと思う。一喜一憂するだけで、その現象に働きかける力もなく、心もない。感想はあっても意見はなく行動もまたないと来るのだから全くもって無用の長物というより仕方がない。

この無用の長物、豪勢に飯を食いたいという気は更々ないが、生きられる程度には飯を食わねばならず、退屈をまぎらすためには酒も呑まねばならぬ。扶養すべき家族もおらぬではない。世界は全くせわしすぎるぞと感歎ばかりしている訳にはゆかず、やはり金をかせがねばならない。

いつの間にやら、雑文書き、小説書き、時には絵書きという風にこの世に割り付けられて、その方は頼まれる限りにおいて、せっせとはげむが、そのせっせが思ってみれば、これまた何ともせわしないことだ。才能とぼしく、学識なく、中々すらすらとは捗らぬ。仕事が捗らぬということは、自覚としては生活がせわしないということになる。

こうなると外も内も全然悠々閑々でない。

その上、どうも内の方がこの頃どういうわけか、すっきり明快にわかる事柄よりも、わかりにくい、判りまちがいをしそうな事柄に好みが移って来ているようで、読書も考えもそうした方に傾くようである。だから、したいなと思いつくことが厄介な、一生かかっても出来ない、というよりは出来る筈のなさそうなことになり、出来なさそうだからやりたいということなのらしい。らしいとは頼りないことだが、自分を観測してみると、どうもそうだ。

完全らしい外貌のもの、スベスベしたものに対して余り好感がもてず、不完全なもの、ザラザラガタガタしたものに好意をもつようになって来たが、完全なもの、円滑なものが存在するということを、自分の内外をながらく見ているうちに甚だ疑わしく思いはじめたのかも知れない。

首尾一貫しすぎている論は本当じゃないらしい、この世とはどこかに隙間があるものではないかという一種の疑惑的意見をもちかけたらしい。

そうなると、「ねばならぬ」とか「許せない」という決り文句のつくものを疑う。「ねばならぬ」のなら早速そのようにやってもらいたい、「許せない」なら許さず、その対象を完全に抑えこんでもらいたい、その上でそう言ってもらいたいという気がしはじめたので、宣言やら抗議というものが何やらキナクサイ感じになって来ている。

これはそのような運動に対する不信感であるみたいにみえて、実は自分自身に対する不信感かも知れない。

マスコミュニケーションが加速度的に発達して、世界中のことが粗くではあるが広く知らされるようになって来て、却って自分自身はバラバラにされ、長持ちのする意見など持てぬようになったという気がする。今思っていることが、又すぐに変化するような気がする。そのような知らされ方しかしていないで、それを自分の中で考え究めて見るひまがないほど、忙しく多量すぎる情報があり、又、現実があるという気がする。

世界は一つなどいう方へ身が傾かず、いや、いつまでたっても世界はばらばらかも知れんと思う。そう簡単にはゆかず、一つにひょっとしてなったところで、又、必ずバラバラになる人類の運動が生れてくるという気がする。

この運動というのは「ねばならぬ」も「許せない」も含みはするが、それよりずっと大きい、人間の意識など越えた人類の盲目の合力からの動きで、予測のつきかねるもののように思われる。

地球がほぼ球形で、南北に冷たい極があり、まん中に熱い赤道があり、熱帯あり、温帯あり、寒帯ありでは、どこかから発生した一つのイデオロギー、世界観、宗教といったものが、世界を蔽いつくすことは先ず不可能で、一つ一つが蔽えるところを蔽うと、そこに頑固激烈な対立が起るに決っているという気がする。

それが地球というものだという気がするし、いつでも平和と戦争は貨幣の裏表だという気がする。

第一、貨幣というものは人間の利用して生きる食物や土地や、その他もろもろの物の象徴であるのだから、物を必要とするかぎり、人間に平和と戦争が裏表ピッタリのものとしてくっついていて、イデオロギー、世界観、宗教もそこから生え出たものでしかあるまいという気がしている。困ったことだ。

私法・中国遠望

わたしはここずっと、いわゆる四大紙をとりつづけている。朝日、毎日、サンケイ、読売（ABC順であって、価値順、あるいは好き順ではない）だが、これは以前の四大紙であって、現在では日経が、どれかと入れ代っているという話もきく。しかし、入れ代える気はない。今、配達に来ている連中を悲しませるのが厭だからという理由で、まあま、飯がくえてる間はとっておいてやろうやないか位のところである。

十年前（のんきだから、最近の新聞で今年は文化大改革十周年ということをよんで、はあ、そうかいと思った）文化大改革命がはじまった時、わたしは二つ程（どれとどれか忘れた）新聞をとっており、それぞれ違った記事がのるので、これはと思って、外に二つ新聞をとることにした。二つより四つの方が真実に近づける、あるいは真実をつかみやすい筈と思ったわけでもなさそうである。二つより四つがいいと思ったのは、それぞれの記者が報道して来て載せる壁新聞の種類が多くなるということと、解説が多くなるということであった。出来るだけ沢山読みたいということであり、出来るだけ沢山切りぬいて保存しておきたいということであった。スクラップブックに貼りつけておくということは、ちょっと考えただけでやめた。おそろしく沢山の冊数になりそうなスクラップブックを買う金がなかったと共に、新聞の両面に重って記事がのることが多く、貼りつけるとすると二部買う必要がある、その買い増すという手間が大へんであることもその理由であった。わたしは切りぬいた新聞を、ダンボールの空き箱につみ重ねて入れておくという方法をとることにした。切りぬいて、順に重ねてしまっておくだけである。

裏の小屋にその頃、古新聞を月毎にくくって保存してあったが、本と雑誌と新聞で一杯になりかけたので、文化大改革がはじまった年の前の年の分の中国関係のものもまた切りぬいてしまっておくことにした。

こうしたスクラップは、中国文化大革命の研究のためにしたと思われては筋がちがう。わたしがそのようなことをしたのは、ようやく地盤が固まったとわたしが思っていた中国でこうした大爆発がはじまったこと、そのやり口の思いもかけぬことに、大へんな不思議さを感じたのは勿論だが、各新聞の派手な報道がまた面白く、解説のさかしらが、次々とひっくりかえされることに興味があったわけであった。

これをずっと取っておいて、中々事は終るまいが、終った後で読み返してみよう。それは実に面白いことだろう。老後のたのしみとしてこれ程のものは少ないのではあるまいか。見当ちがいと、賢ぶりと、のぼせ上りとをゆっくり後で拝見すること、というのが、わたしの意地悪い計画であったのかも知れない。左翼的政治評論家や解説者の書いている中国観より、台湾系である陳舜臣などの書いているいることの方が、よほど事をみぬいているようだと気がついたことはその頃の収穫であったが、そのゆえに尚《なお》のこと、日本の新聞の、すぐのぼせ上る報道のスクラップを残しておきたかったのかも知れない。時がたてばそれは報道の童話といったものになるだろう。爺になったおれは、爺向きのその童話をよんで楽しむのだ。全く余り実りのない楽しみだが、爺になって実りもあるまい。ただ枯れ行くのみだ。

わたしは敗戦まで、政治と、国際関係とかに殆んど興味をもったことはなかった。君は三面（社会面のこと）ばかり読んでいないで、たまには一面（政治国際面）を読んだらどうだ、と、師匠の竹内勝太郎に二十代初期にいわれたことがあったが、三十代初期にいたっても、一向に一面を読まなかった気がする。せいぜい、「すすめ一億火の玉だ」というような標語に抵抗を感じたり、皇国思想を居丈高にのべる文学評論に内心うんざりしたり、時にはおれは天皇信仰が足らんのではないかと気になったりしただけで、新聞にのる軍報道部の報道を大して疑いもしていなかったのであった。自分が徴用された工場の内情を見、召集されて軍隊の内部を見、ぼろの兵隊をわざわざよりすぐって、外地へ出征させるやり口を見（自分もその一員に入った）、おれたちみたいな奴を第一線にやらねばならぬとは、これは品がすれも甚だしいし、日本は敗けるなと感じるまでは、ひょっとすると神風が吹くと信じ、神国不滅と信じようと努力していたのかも知れなかったのだった。知れない点と、信じる点とが、入れまじって存在していたといった方がいい。第一線に行って、日本軍は決して神兵ではないと、これははっきり気がついた。そして、中国の農民を見ているうちに、いつの間にやら、同胞の日本人より中国人の方が信用出来る、好ましい連中のような気になってしまっていた。これは今から思えば大へん甘い点もあるようであるけれど、少々は当っている点もあるような気もする。今でも、そのような気分が消し切れない。

敗戦の次の年、上海から鹿児島経由で大阪へ復員したが、国府軍に対して別に反感はなかった。お手柔らかに扱われたところがあったからだろう。敗戦後、揚子江北岸を東へ歩いている時、宿舎を決め、行程を決めたのが、新四軍であって、はじめて中国に共産軍があることを知ったが、大体において親切であって（直接個人的に接触はなかった、たまに路傍に立ってわれわれを眺めている若い民兵の姿はみた）これにも反感を起すことはなかった。

家へかえって新聞をよんで、皇国思想の指導者であった評論家や学者が、真の民主主義は、などとやっているのには反感をもったが、占領軍（終戦及び進駐軍といういい方にも反感をもった）が信書の検閲をやるということには別に反感をもたなかった。アメリカ民主主義は、わたしの行った小学校、中学校が神戸の自由主義的なところであったし、三高もそうした雰囲気がわたしの行っているころは残っていたのだし、従って、物珍らしくも何ともなく、いわば当り前のことのようで、反感をもつこともなかったし、ショックでもなかった。家が田舎で、都会へ余り行かなかったから、アメリカ軍人に対しても、当時あばれ廻っていた当時の言葉でいう第三国人に対しても不快反感の念がさほど起りもしなかった気がする。目で見、耳で聞きもせず、新聞などで読むだけなら何ということはない。それに、軍隊ぼけがつづいているためか、余り何事にも腹のたたない気分であり、その腹のたたないことが自分で気味わるかった覚えがある。これは一、二年つづいたと思われる。

何という名の本であるかは忘れ、その人の名も思い出さず、今、友人に電話でたずねて判ったが、ヴァルガの本で、彼が第二次世界大戦の最中に、日本の敗戦の形を見事な分析で予見しているのを読み、戦争中の日本の学者と大分ちがうなと感心したが、スターリンの治下で彼が完全に失脚したのにはおどろいた。又、アメリカの国務省（？）が出した『中国白書』というのをよみ、中国共産党の美点を見事に分析している学者が沢山いたのに、アメリカ人の悪癖なのか負け犬びいきになって、その腐敗をちゃんと分析して摑んでいるくせに、一種の感傷論理みたいなものを使って腐敗し、勝つ見込のない国府に肩入れして、大金つかって大失敗する経緯をよんでこれもおどろいた。国には国の癖があるのか知らと、のちにヴェトナム戦争の時に痛感した。腐敗政権を相手にしなければもうけにならぬ腐敗政治家、腐敗企業家がアメリカの政治を裏から動かしているらしいなと思っていたら、これも大金つかった果てに追い落されてしまった。日本相手にはどうだろう、朝鮮相手にはどうだろうと、たまには思う位、段々、第一面をよむようになって来て、今は、文化大革命以来、中国に関する切抜きを蓄積しているのは、晩学というべきかも知れない。われながら滑稽の感もするが、それはどういうことなのか説明しにくいことながら、われながら意地悪といった感が今ちょっとする。これは自分自身に対しても解明しにくい。

復員後の呆然ののち、社会復帰（？）してののち、新聞に雑文なども書きはじめた頃からの書評などを集めた『書中の天地』という本が、この文章が人の目にふれるころにはすでに出版されている筈だが、その取捨選択は一切編集者まかせにした、それをわたしが読むときっと、今漠然と思い出している過去と、読んで気のつく過去とひどく違っているかも知れないという気がする。それを読むことも、自分自身に対する意地悪いたのしみだ。

新四軍の兵士（軍服ではなく平服で肩に小銃など皮で掛けていた）を目で見たせいか、スノーやスメドレーの本をよみ、わたしは毛沢東や朱徳や賀竜などのことを知った。江青などは出て来なかった気がする。中国紅軍が戦って歩き廻った華中華南の道は、わたしが歩き廻った道と一致するところも多く、これらの本にはその点でも親しみが多くて、わたしは規律厳正で平等主義の紅軍に大へん尊敬と愛着をもった。その正反対の日本軍でくらしたのだから、その尊敬愛着も猛烈であったのも当然である。そのような頃か、わたしは三一書房の『毛沢東選集』をよんで、ますます毛沢東に感心した。特に『遊撃戦論』に。わたしは、魯迅もよんだが、丁玲も好き、『四世同堂』をかいた爺さんも大好きであった。『劉少奇選集』も三一書房から出ていたが、買おうかと思い、ちょっと中身をみて、これは毛沢東の二番せんじみたいなものかと思い買わなかったことがある。文化大革命がはじまる以前のことだ。

（ここまで書いて、こんなあほらしいことを人によんでいただくにも当らんことではないか、ひとりでぶつぶつ呟いているか、友人との雑談の中で無責任に放言しているかといった類のことにすぎないのではないかという気がしてペンもしぶるが、とにかく約束の枚数だけは書くことにする。自分のアホラシサがはっきりして、自分のためだけになるかも知れない）

文化大革命の影響は日本においてはなはだ甚大になって、アメリカが風邪をひけば日本がクシャミするといった風に、中国に大騒乱が起ると、日本に小騒乱がまき起るといった風になって来た。その状況を見ていると、アメリカは事を起す国、中国は事を起す国、日本はそれをお受けする国という感じがして、安保条約で日本がアメリカの属国風なら、左翼革命思想では日本は中国の属国風であるらしいなという感じも受けた。しかし、どちらも影響するところ強大であって、安保は保守風にじわじわわと具体的にせまり、文化大革命は左翼思想風に激烈に派手に展開した。アメリカ、中国が発する国なら、日本はいつも受ける国であるようだなと感じ、又、要領のよさで生き抜いている二番せんじの賢い国民であるなあという感じももった。何といってもイミテーションの上手さ、迅速さはおどろくべきだが、イミテーション丸だしというところが、恥かしいどころか誇らしいところらしく、愛国するにせよ、造反するにせよ、スローガンが輸入品そのものであり、だから素晴らしいのであるらしかった。わたしのような不精者にとっては、アメリカの影響も、中国の影響もめまぐるしすぎてついて行けぬところがあって、アメリカ不信、中国不信よりも、本当のところは日本及び日本人に対する不信感が色濃くなって行くばかりであった。勿論、アメリカのやっていること、中国のやっていることにも、不信というよりは不審が数々あったのは勿論のことである。

劉少奇が追い込まれて行っている最中に、どうして劉少奇は毛沢東にそうやっつけられるのか判るかと思い、『劉少奇選集』を読んでみようとしたが、すでに三一書房では出さなくなっているらしかった。全くすばやい影響の受け方である。日本人の変り身のはやさには感心すると共に、全く味気ないなという感じがしたのも事実である。

いろいろ激変しつつ長くつづいた大学紛争も、影響が大きかった割に、大した実りもなく終ったのではないかという気がしているけれど、これも大学遠望にとどまって、はっきりは判らない。大学というものについて無知であるからであるけれど、大学の中におり、大学について知識があっても、あの激動は一向にはっきりと摑めはしなかったのだろう。遠望しても、中望しても駄目か。判らんなあと、はなはだくたびれてわたしは思った。

五十歳をすぎてから、わたしはひどく精神の皮膚が弱くなった感じで、行動的にははなはだ冷淡で、デモ、集会、そうしたもののために一歩も足を動かしたことがなく、やたらにはやる宣言、カンパ、署名運動、政治運動、文学運動にも参加する気がない。そのくせ、それらのものが目標としている当面の対象によって精神のこうむる打撃や混乱は自分でも呆れるほど激しくて、余りに絶望的になるので、何一つ行動せず、何一つ参加せず、爆裂をおさえるか冷却するかするために連日酒をのんでいるという愚かしい場合が、それこそ余りに愚かしい程多かった。この世はコタエルなあというのがわたしの本音であり、いくらこたえるこの世でも、やがておれが死んでしまえば、もうコタエはせんわなあというのが、どうやら貧寒なわたしの思想らしくて、思えば実にあほらしい。人間にはこの世がやり切れなくなったら、あるいはそれに趣味をおぼえたら自殺する権利があると思うから、あわてることもないわと自殺しないで生きているような気がしないでもない。生命をうばうことは実にたやすいが、死を奪うことは絶対不可能である。そういうことと同時に、人間世界は政治であれ、経済であれ、何でも二本の脚で歩いておるわという考えがいつか根づよくわたしの中にあるようになっているが、これはどうやら文化大革命を遠望しているうちにわたしの思想（?）となってしまったらしい。感覚といった方がいいかも知れない。盛者必滅会者定離というのも、仏教的二本脚なのだろう。弁証法というのも、よくは知らないが二本脚みたいな気がする。そして日本人は二本脚が本音であるくせに、一本脚ぶった言説をやかましく吼え立て、乱暴に行動してその気分に酔っ払い、散りぎわ好みのくせに、一向に散らずに「夢からさめてどうもどうも」で、ちゃんと二本脚というところがあり、その御都合主義のところが何ともやりきれないが、それは歩はばがせまく、チョコマカしているために「やりきれぬいやらしさ、けちくささ」と思われるのかも知れない。

そこへ来ると、中国人の二本脚は、いやらしさにおいても超大型であり、ためにけちくささは感じられないような気がする。しかしながら、チョコマカ的人物と思われる人物がいないわけでもなかった。遠望であって、それを手にとって吟味することは出来ないから、当否はわからない。感覚的にそう思っているだけにすぎない。気にくわないだけかも知れないが、気にくわないのは気にくわないのである。そういう人物がちょいちょいいる。

年の順からいって、毛沢東が死に周恩来が残る。さてこの毛死後がどうなるか。そこらあたりの決着がつくまでは、近頃一向に事件がなく、新聞の切り抜きも間遠になっているので幾分平穏無事、退屈の感があるが、やはり新聞四つ、とりつづけねばならないかなと思っていた。文化大革命がはじまった頃、また日本で大学紛争があった頃など、四大紙は四大紙なりにそれぞれ特徴があったが、各紙ともに原稿料の支払いが、現金為替ではなく、小切手になってしまう頃(おかげで、銀行に口座をもうけねばならず、度々値上げがあり、しかも交通停滞のために時間がますますかかるばかりのバスに乗って銀行のある旧市内まで取りに行かねばならず、原稿料の幾分かを銀行にかすめとられるということになった)どうやら各新聞社はそれぞれの銀行に内部で押えこまれてしまったのか、新聞それぞれの特徴がなくなった感じがした。その内に中国から、多くの新聞社の記者が追い出されて、『朝日新聞』のみが窓口みたいに残った(そんな気がした)のを見ると、中国は弱体な左翼などは相手にせず、その国の政治をにぎっている実力ある政党や企業を本当の相手(具体的相手)にし、左翼は建て前的相手にしておるのだなという気もした。それはけしからんとはわたしは別に思わなかった。国が一つの生き物である以上、まことに当然のことであった。「造反有理」をさっそく持ちこんだり、「路線」だの「学習」だのという言葉を舶来品みたいに有難がって、文章や言葉にちりばめて酔っている連中より大人であるにすぎないのであろう。

中国は日本から思えば手に余る広く深く重い国であって、日本のように狭く浅く軽快な国ではない。中国は忍耐づよく強情で緩慢なようで激烈で物覚えのおそろしいほどいい国であり恩怨ともに忘れることはなく自足して来た（これが中華思想につながる）国であり、日本のように忍耐に欠け勇ましがるが実は強情でなく、迅速なようで中だるみし、物忘れの名人で恩怨ともに時とともに早々とうすれ、自足するよりも受容し、但し、他国の文化文明をわが身に合わせて裁断し、毒あるものは毒を消して用いるといった国ではない。

中国文化大革命十周年の今、これがいつまでつづくか気の遠くなるような気がするけれど、劉少奇が消え、林彪が消え、周恩来が消え、鮍小平が消え、そしてこれを書いているこの今におそらくまだ毛沢東は消えないでおり、といった状況の中で、日本からの中国遠望ははっきりしているような、はっきりしないような、流動しているかと思えば、不動にも見え、静止しつくすかと思えば忽ち走り出して形を急速にかえる雲を見ているような感じさえする。これが、思想の闘争の面であるのかも知れない。

と思えば、中国の大地は永遠を思わせるようにあり、そこに生える植物、住む生物、人間、それらは猛烈な人力（土木、機械、科学、政治など）によって目的ある大変化をとげて行きつつあるようでありながら、人間の目から見る大変化も、地球の表面の一かきみたいなものにすぎないような気もしないではない。

最も近い事件、天安門事件ですらが、流れてくる情報の、いかにも確かでありそうでありながら、くるりくるりと矛盾ある面が次々に平然とあらわれて来て、どれが真実か、日本においては勿論のこと、中国のその渦中にある政治家、軍人、革命家、学生、農民にとっても、実は摑めないか、摑んだと思ったものが忽ちひっくりかえるか、あるいは、つかみとっておさえつけてしまった場合のみそれが真となるといったものであるのではないか。従って、中国においては行動があり、日本においては中国遠望が、一切とまではいわないが、出来ることの半ばなのではあるまいか。というのは、わたしが、実際的具体的な生産的なものに対して、中国についてほとんど知識なく（ということは日本についても、アジアについても、アメリカについても、アフリカについても、ヨーロッパについても、ということだ）そのためにますます茫漠とするのであろう。

そうした点で、この人こそと、思われる人たちの評論に感心し納得させされているもの二、三にとどまらないが、その感心も納得も、わたしのようなものがするのだから、安心は出来ないという気がしている。そのようなものにとって、中国遠望とは何か。まあ、気になって仕方がないから、首をひねったり、ハラハラしつつ新聞、雑誌、単行本をよみ、テレビを見ているということだけであるかも知れない。好きだけでは判らない。判らなくても好く。まあそんなところか。以後、書く気はない。スクラップは？　つづけます。とかく老人はものをためたがるもんなのだ。

大山定一との交際

1　大山定一をなぐり損う事

それが昭和十七年であったか、十八年であったか、同席していた谷友幸もはっきりしないというが、当時わたしの勤めていた弘文堂書店が『リルケ選集』を出すことを考え、わたしがそれの担当者となり、訳者側の大山定一・谷友幸・高安国世と、四条あたりの高瀬川添いの洋酒喫茶みたいな店で、ビールをのみながら喋っていた折、わたしは大山定一に、伊東静雄のように詩を書くことをすすめ、大山はぼくは詩は作れないと頑強に拒絶した。二、三度やりとりがあって、書け！　と拳固をふりあげてぶんなぐりにかかったところ、大山は苦もなくわたしの手首をつかまえて動かさず、わたしは気が抜けてそれで事が終った。どうもこれから大山定一とわたしは仲良しになったらしい。

2　俳諧一巻まききれぬ事

仲がよくなると、よく二人で西谷啓治の家へ遊びに行った。西谷家は気楽でもあったし、夜更しが平気であったので、夜半すぎまでいて、二時頃に引き上げることがある。大山と帰る方向が途中まで一緒であった。夜道はあんたこわいことないかときくと、うん、全然何ともないと大山がいったので、わたしは大山を尊敬した。西谷家での話題は芭蕉のことが多かったが、意見がくいちがうと、西谷も大山も絶対に自説をまげず、しかしがしかしにつづいて、悠然延々と同じ討論をつづけるので呆れた。そのうち、俳諧一巻まこうじゃないかということになったが、何句か先に進んでいるのに、あの句はこう変更するという葉書が、西谷からも、大山からも舞いこむので、何が何やら判らぬうちに、これは中絶となった。学者というのは周囲《あたり》かまわぬ勝手をすると、これも全く呆れた。

3　桑原送別会

『リルケ選集』は弘文堂から出なくなってしまったが、わたしも弘文堂をやめていて、東京の七丈書院と石書房というのの関西駐在員みたいなことをしていた。昭和十八年九月、桑原武夫が東北大学へ移ることになり、たまたま桑原の本を七丈書院から出させてもらっていたので、その送別会を、京都の北野茶寮で、七丈書院としてした。主賓の桑原の外に伊東静雄と大山定一をまねいた。この組合せは理由があったと思うが、今ははっきりしない。二次会は桑原が祇園のお茶屋へ三人を招待した。こまごましたことは忘れた。大山の筆の字を下手糞だとけなした覚えはある。

4　召集の事

昭和十九年三月三日にわたしは徳島連隊に召集されることになり、大阪のわたしの家で送別会をやった。京都からは大山定一、上野照夫、高安国世が来てくれた。皆丸刈頭でやせている。記念撮影のとき、大山定一が脳貧血で倒れたが間もなくよくなった。だから、少し不景気な顔でうつっている。

5　戦後斎田昭吉現われる事

戦後、伊東静雄が斎田昭吉をわたしに紹介した。伊東は斎田を可愛がっていて、彼の詩や同人雑誌（ガリ版）に毎回のように原稿を寄せていた。斎田は又、大山定一のもとにもよく行って、本の整理その他をよく手伝っていたらしい。大山と伊東の間の連絡もした。その頃、大山はわたしに、ヘルダーリンは伊東君が訳してくれるといいのにといっていた。反訳について、大山理論と伊東理論には喰いちがいがあった。大山は意訳的傾向、伊東は直訳的傾向とでもいったものか。

6　庫田叕大いに心配する事

京都でわたしが版画展をやったのがきっかけで、わたしは庫田叕《くらたてつ》と知り合いになり、やがて上野照夫の二階へ庫田叕夫妻は移った。そのころから、庫田叕は大山定一や吉川幸次郎と親しくなったらしい。

大山の長女が可愛いさかりに死亡したが、体の弱い大山の妻がどうしてもこんど娘をうむんだといっているが、あの体では危いし、と庫田が大変心配してわたしに話したことがある。大山さんはどういってると聞くと、ありゃ大人物だね、女房がそう決心しているのだからどうにもならぬと平然としているんだというようなことであった。宣言どおり、大山の奥さんは女の子をうんだ。庫田叕は女の一念はすごいと畏敬するに至った。その女の子がルミちゃんである。

7　行方不明の名人の事

大山に会おうと思って家へ行くと、（京都大学の文学部長室に行ってもいないのである）奥さんがいうのに、あんた、うちの人がどこにいるのか知らない？　であった。三日位の行方不明は常であった。桑原武夫は、わしは知っておるが、いわん、とわたしに言ったことがある。名文学部長の名の高い頃であったと思う。

8　肥え太りたる事

わたしは余り京都へ行かなくなったが、たまに行って河原町あたりで出くわすと、彼は必らずビヤホールへさそって、おごってくれた。髪はぼうぼうだが汚ならしくみえず、ビヤだるのような体によく似合った。ビールをのみつつ雑談していると、気が伸びやかになった。

9　最後のビヤホールの事

三、四年前のこと、高安国世が主催する短歌のゼミナール（？）みたいなものが大阪であった。大山定一も出るというので、大山に久し振りで会いたいから出ると承知したら、高安が、向うも君に会いたいから出るというとったと笑った。

会が果てて、少し歩き、開いたばかりのビヤホールへ入ったが、店がはねるまで飲んでいた。やはりおごってもらったのであった。しかし、それだけ飲んでも一向に酔わなかったのが不思議であった。大山はタクシーでわたしを家まで送ってくれ、うん、このあたりか、これなら今度ちゃんと来られるなと言って帰って行った。それが、大山定一の見収めとは気がつかなかった。

それから後、淡交社の仕事で大山ルミが二、三度来た。お父さん、ビールのんでるか、と聞くと、飲んでいないという。人間ののむ分量は決っているので、お父さんはもうその分量をのんでしまったから、もう飲まんでもいいんだといっているそうであった。

後で電話できくと、このごろは牛乳をのんでいるといった。たまには京都へ行って吉川幸次郎とのんだらどうや、さびしがってるぜというと、そのうちそうする、と言っていたが、どうも行かなかったのではないかという気がする。そのあたりが、喋り収めであったらしい。

補　『西遊記』の事

『小ヴィヨン』を書いた後の頃のこと、詳しく『游魂』という吉川幸次郎御用命とでもいった吉川の死後を書いた小説を書いた頃でもあろうか、わたしは貝塚茂樹を沙悟浄に見立て、直ちに、吉川幸次郎＝猪八戒、桑原武夫＝孫悟空ということになると考えて、わたしの『西遊記』を書きたい願望を抱いた。

沙悟浄、猪八戒、孫悟空という名を使って、彼らの学問世界を描きたいというちょっとスケールの大きい、いささか珍妙な望みなのであったが、あんたは沙悟浄ということにした、あんたは猪八戒である、あんたは孫悟空がよいなどと一人一人に言ったが、貝塚も、吉川も、桑原も、自分の割当てに苦情をいわなかったし、他の二人の割当てにも不服がなかったらしいのは、何やら思い当るところがあったのかも知れない。ただ、吉川幸次郎は、それで三蔵法師は誰がなるんやと訊ね、それが中々いいのが見当らんというと、そんなら大山さんを（大山君といったかも知れぬし、大山といったかも知れぬが、大山さんといったと思う）三蔵法師にして下さると有難いのだがねと押しつけて来た。わたしは大山定一では少し統率者として線が弱いなという気がしたけれども、桑原も貝塚も別に異議をとなえなかったから、そういうことに定った。定ったはよいが、西谷啓治が三蔵法師一行を大いに悩ます道中の大化物の役を面白がって引き受けたあたりで、一つには安心し、一つには彼等の学問世界など書きこむ力量がある筈もなかったので、『西遊記』はまだ一行も書かれずにいる。しかし、大山定一の三蔵法師には誰も文句をいわなかったところを見ると、大へん適《ふさわ》しかったのであろう。わたしも段々、適しいかも知れんと思い出して来ている。三蔵法師はビールをのんで（お経をよんでに当る）何もしないでいる（化物の前に無力であるに当る）のが一見その生きざまのようでありつつ、人を（弟子共をに当る）そのまま納得させるところがあればそれでいいのであった。名文学部長といわれたいわれ方にもそのような面がありそうである。

このことを書き忘れていたので「補」として加える。

ついでに書き加えると、大山の死を知った時、わたしは谷友幸に電話して、死を確認するのはいやだから葬式には行かんといった。谷は平然と、ああ、それでいいんや、大体御本人の大山がひとの葬式に行かん名人やったんやからなといった。

わたしは葬式に行くより、ほかに好きなことがあって、そのレールを小ヴィヨンに大いに手伝ってもらうことによって敷き、猪八戒、孫悟空に走りはじめて貰うことにしたような気が今している。

〔追記――「大山定一」という礼讃の本を出すこと〕

同人雑誌四十年

1

時に、自分は何をして来たかと考えることがある。大して何もして来なかったと考える外はない。人に語るほどのことがないような気がするからだ。人の興味をひくような派手なことが全然ない。それでは平々凡々かといえば平々凡々ではきっとないだろう。けれど人目をひき感動させるような辛酸はないような気がする。また、人目をひき感動させるようなロマンチックな派手な行動もない。ひところ流行したアンガージュマンといったところもない。

つまり、華やかな青春時代といったものが、自分のこれまでをながめてみて、一向に見当たらないのである。革命的な行動もない。社会的な行動もない。陰々滅々といっていいだろうが、といって自己破壊的、破滅的な面白さもない。こういう生涯は書いたところで、読む人にとって面白さがなくて始末に困るであろう。

では君は何をして来たのか？

同人雑誌をやっていたみたいである。六十四年近い今までのうち、四十年もである。それは派手でもなければ生産的でもなかった。それを語るより仕方がないが、語ってみても仕方がないという気もしないではない。話のはじまりからこれでは困ったものだが、事実がそうならどうにもなるものでない。つき合うお方の不仕合わせといったものであろう。

わたしは大正二年（一九一三）十月、徳島県三好郡山城谷村（今は三名村と共に山城町となっている）に生まれたが、四つのころに、朝鮮の平壌に一家が移ったので、山城谷についての記憶は全然ない。平壌で、父は若松小学校、母は山手小学校で教諭として勤めた。母の祖父、祖母、母の妹が一緒に暮らした。そこまでは良いが、母の祖父がわたしの小学生姿をやたらに見たがって、八つ行きであるにかかわらず、年をごまかして七つからわたしを山手小学校へ行かせた。それでなくても小柄のわたしにとって、この七つ行きは気分的にも肉体的にも少々重荷であったのではないかと思われる。ここにわたしの学校ぎらいがはじまった（運動会ぎらい、遠足ぎらい、集団行動ぎらい）のではないかと自分では信じている。

しかし、二年生の終わりまでいたのに、小学校の記憶が全然なく、たった一つあるのは万歳さわぎの時に、有田ドラッグの毒々しい病気の陳列物を学校帰りにながめていて、背の高い少年（朝鮮人のかよう普通学校の生徒だったのだろう）に、今夜お前ら日本人は皆殺しにされるんだぞ、と教えられた記憶だけがある。どういうわけか、脅されたというような感じは全然ない。何のことやらわからなかったのかも知れない。

小学二年が終わると一家は神戸市へ移り、父は真陽小学校（?）に、母は東須磨小学校に奉職した。平壌で母の祖父はコレラかチフスの予防注射を、老人は不要というのに進んで受けて死亡し、わたしの妹が生まれた。いま野間宏の女房になっている。わたしはまた、母の行っている小学校に三年生から通うようになった。電車通学だったような気もするが、歩いて通学していたのかも知れない。小学四年生のときに関東大震災があり、そのあと、東京下りの先生が入って来て、学校に変化があったような気もする。

大正十四年（一九二五）にわたしは県立神戸第三中学校へ入った。六年から受けたのだが、五年修業の資格としか認められず、六年修業の試験を余分に受けさされた。このころ、優秀な生徒は五年修了で、中学校を受験していいことになっていたわけである。この六年修了の試験の時に、わたしは岩崎一正という大柄の五年修了生とめぐり合った。

2

小学校時代わたしはよくずる休みをしたそうだ。行って来ますと家を出て、そっと帰って来て二階へ上がって本を一日中よんでいたというが、その記憶も自分ではない。大体、ひとがよく覚えているらしい小学校の先生の名も顔も印象もわたしには皆無に近いところを見ると、忘れっぽさの度が人より大分ひどいらしい様子である。

しかし、わたしの家にはそう本があるわけではない（両親とも先生でありながら読書家ではなかったようだった）ので、本をわたしが読んでいたというその本は、学級文庫か、同級生の国木田大太郎に借りた本以外には考えられない。国木田大太郎は独歩の弟の国木田収二の末っ子のひとり息子であり、学芸会で二人主役をつとめたりして、大へん仲が良く、わたしはよく遊びに行った。ガスがあり、電話があるという邸だったから、富裕であった。独歩の息子の虎雄が居候《いそうろう》でいたころもあり、子をうんだ牝犬に国木田の家でかみつかれ、国木田虎雄に抱かれて医者まで運ばれた記憶がある。こういうことは覚えている。

また、国木田大太郎から何回も借りてよんだ本は岡本帰一などの挿絵の入っている『ガリバー旅行記』、『ロビンソンクルーソー』、『アンデルセン童話集』、『西遊記』などという紙質のよい大型の分厚い単行本であった。そういうところが、わたしのそのころの教養というところだろう。多分、『少年倶楽部』なども毎月借りたのだろう。佐藤紅緑や佐々木邦の行儀のいい小説や、高畠華宵や山口将吉郎その他の挿絵画家の絵のことも覚えているところをみると、そう考える外ない。わたしの家で『少年倶楽部』など買ってもらえるわけはなかった。貧富の差がありすぎたわけである。こっちはわたしの東須磨小学校時代に、弟と末妹が生まれて、女中を加えて七人家族であった。夫婦共かせぎも楽ではなかったと思われる。浜口内閣の緊縮政治で、官吏には減俸が行われた時代だったろう。

国木田大太郎は神戸一中の方へ入ったので、時に遊びに行くことはあっても、大体、縁が遠くなってしまい、本を借りる便宜もなくなってしまった。

わたしの神戸三中時代のことは思い出してみても漠然としている。

二年生で早くも何とか退学出来んかなあと考えはじめて、それを耳にした担任教師にじゅんじゅんとさとされたことを思うと、よほど学校の勉強というのが苦になっていたらしい。スポーツの部にでも入れば気がまぎれたか知れないが、しんどいことと汗をかくことがいやであったのだろう。行動的なところ、これをやってやろうという進取の気性など全然なくて、全く漠然と生きていたような気しかしない。学校には割合立派な図書館も建っていたのだが、余り通いつめもしなかった。

所属していたのは弁論部であって、そこで花森安治が書いて来た小説の朗読をきかされたり、漫画を見せてもらった気がするが、余り、というより全然彼としゃべった記憶がない。岩崎一正は花森としゃべっていたようだ。花森と同学年に、後に同人仲間となる井口浩などがいたわけだが、全然知るわけはなかった。その一年上に淀川長治がいたはずだが、これも知らない。

大体、四年生の三学期ごろまで、高等学校の存在を知らなかったことは、全くあきれかえるぼんやりさ加減で、万事そのようにぼんやりした気分で、いやいや中学校へかよっていたので、ズル休みの発想すらなかった。

3

わたしの隣の家（二階建ての二軒長屋であった）に神戸二中に通っていた福永栄二という秀才がいて、その人が岡山の六高へ中学四年から入ったことで、わたしは世の中に高等学校というものがあり、そこを経て大学校へ行くのであることを初めて知ったらしい。大学校といっても一向に実感はなく、また私立大学というもののあることも知らなかったような気がする。とにかく、中学校を出たら高等学校へ行かねばならぬらしい。

こんなのんきなことがあってたまるかと思われそうだが、父母が小学校の先生であるのに、息子の中学生の実情はそうであったというのは、およそ親子の対話などがなかったのかも知れないが、結局はわたしが実にぼんやりと生きていて、世間のことなど判らなかったのにちがいない。同級生とそのような進学問題について話し合ったこともないみたいである。

四年の終わりに、六高にいる福永栄二を頼って、その下宿にとめてもらって六高を受けた。後で気付いてみると、根号の規約という基本的なことさえ知らずに代数の問題を解いていたのだからあきれかえる。もちろん、入学は出来なかった。五年になって、少しは熱心に受験勉強したかどうかは判らない。今度は国漢の教師であって、高等学校教師の検定をとり、富山女子師範の先生になっていた和田徳一という人（小学校を出ただけで、コタツ作りの職人をやりつつ、中学校出の資格、中学教師の資格、そして中学教師をしつつ高校教師の資格を若い年でとった。わたしはこの人の授業が好きであった）を頼って、その人の家にとめてもらって、富山高校を受けた。

これが県立であり、富山県人を優先的にとる事情など全然わたしには判っていない。これは一次はパスし、二次の面接でおちた。その足で東京へ行き、北大医学部予科の試験を受け、これも落ちた。今思えば通っていたら、おそらく学資がつづかなかっただろうと思う。何か非現実的なところがあるが、両親にもそのあたりのことがはっきりしていなかったのだろう。

平壌時代に平壌中学の英語教師として面識のあった当時、三高教授であった須貝清一という人のことを思い出して父か母が相談に行き、その秋からわたしは須貝清一監督のもとに京都の関西予備校へ通う。年末まで行っただけだが、ここで学力がついたような気がする。すでに福永栄二は京大工学部の土木に入っていて、北白川西町の須貝家の近くの、食堂兼下宿屋におり、わたしはその室にころがりこんだ。

この秀才は勉強もきっちりやったが文学愛好者であり、とくにゲーテの『ヘルマンとドロテア』とか、『若きウェルテルの悩み』とか『ファウスト』の第一部とかが好きで、感情をこめてその朗読をわたしに聞かせ、芥川龍之介の小説についてもしゃべり、また、この方が影響が多かったかも知れないが、月に一回ほど宮川町の遊郭へとまりに行き、仲の良い女郎の哀《かな》しい身の上についてわたしに物語ってくれるのであった。どういうわけかわたしには栄さんはちょっとセンチやなあと思われ、『ファウスト』も第二部の方が好きだといって栄さんをびっくりさせた。しかし、栄さんの文学好きがいつの間にかわたしの中に浸みこんで来ていたのにちがいない。

翌年、一月より三月まで家へかえって不眠（神経衰弱）になやまされ、受験勉強はほったらかしにしていたが、三高の受験には成功し、理科甲類に入った。医者になれというわけである。それは昭和六年（一九三一）、数え年十九歳であった。織田作之助や猪木正道が文科に入ったはずだが、その時は知る由もない。

4

ほかの高等学校を受けず三高をえらんだのは三高にあこがれたのでは全然なく、一年生を全員寄宿舎に入れる高等学校の多い中に珍しく三高はそれを強制していなかったからであった。集団生活は真っ平であったわけだ。そのためか、三高に入れて名誉に思ったり、うれしかった記憶がない。同級生がおれらは天下の三高生などというのを聞くと、むしろゲッソリした。福永栄二と再び同室でくらすことになったのはいいが、一週間ぐらいたって学校から帰ってくると、ひどくしんどい。

そのしんどさはこれまで体験したことのないようなもので、室の中に布団を敷いて寝ているのがたまらなく、ついに押し入れの中に布団をひっぱりこみ、ふすまをしめて、真っ暗にしてやっと眠れた。

福永栄二が帰って来たので目がさめ、押し入れから出ると、彼は腰をぬかしそうになった。わたしの顔の右半分がまるでお岩の幽霊みたいにふくれ上がっていたからである。近所の耳が遠くなっている老人の上品な医者にかかって、その面疔《めんちょう》は何日かでおさまったが、最後にうみの根をしぼりとるためにギュッとやったのが悪かったか、数日すると左の脚がいたくなり、高熱を発し、ついに京大付属病院に入院することになる。入学一週間で入院し、三か月ほど入っていた。

左脚を二か所、右の脚のつけ根を一か所、熱が出ては手術し、それがなおっていると、また、別のところがうんで熱が出て手術する。多発性筋炎というやつで、一時はこれは危ないかわからんというところまで行ったらしいが、病人本人は知らなかった。少しましになってくると、大学ノートに日記をつける。挿絵つきで、手術など描いているが、そこに出て来る看護婦の顔はアヒルの顔みたいで奇怪であった。戦後、花森安治がそれとそっくりの女の顔で挿絵をかいているのでびっくりした。この偶然の一致はどういうことなのか。全くわからない。

そのころになると神戸三中時代の同級生が二人別々に見舞いにやって来た。一人は別所正夫といって三高理科二年生で、一年生の時のノートをもって来てくれる。入院中によんで、おくれをとり直せというわけであった。もう一人はすでに名が出ている岩崎一正で、彼はチェホフ論を中学時代にすでに書いているような人物であり、大阪外語に通ったのに、やはり高等学校を受け直すのだと、チャート式で有名な星野の予備校（京都にあった）に大学生の兄と一緒に下宿して通っていた。この方は、芥川龍之介、萩原朔太郎、室生犀星などのエピソードを面白くわたしにしゃべってきかせ、いつの間にやらわたしを文学の方へ傾けて行ったのであった。

九月より学校へ行ったが、何しろ体力、気力おとろえてどうにもならず、古本屋で岩波の芥川龍之介全集を買ったために、冬になっても夏服を着ている有り様、のみならず、岩崎の留守中にのぞいてみた彼の詩のノートの影響で詩らしいものを書きかけ、だれか文士につかねばならぬと福本栄二にいわれ、ああそうかと文士を調べたら、行けそうなところにいるのは奈良の志賀直哉しかない。手紙を出すと、来てもよいと返事があって、行ったのはよいが持って行ったのは散文ではなく詩であった。

ぼくは詩はわからないと、京都の詩人竹内勝太郎への紹介の名刺をもらって出かけて行き、いつの間にやら竹内勝太郎の弟子のつもりでおったが、際限もなく持ちこむ詩にもなっていない原稿に竹内勝太郎は閉口し、こいつどっか行ってくれんかなと思った。

5

どうにも学校について行けぬと休学して神戸の自宅に帰ったが、神戸のパンなどを土産に京都まで詩を見てもらいにしばしば出かける。休学の目的はその間に気力体力を養成するということにあったはずだが、詩に夢中になってその方はお留守という次第だった。夜ふかし、朝寝坊の癖がつく。しかも、いくら詩をもって行っても、竹内勝太郎は目をとおすだけで、そのまま返す。一向に批評めいたこともいわない。問題にならんというところが態度にあらわれている。しかし、つきかえされてもつきかえされても持って行く。

竹内勝太郎に対して理由ははっきりしないが、この人物でなくてはという気持ちが出来て来ていたのであろう。この人物はセンチメンタリズムを大いにきらい、詩人らしい言動がみられない、がっちりした大柄の人物であった。どこに勤めているやら、どういう経歴の人物か、志賀直哉も別に言わなかったと思うが、竹内自身もいわない。いわないというよりこちらが聞かなかったと思う。弟子になった連中たちのだれもが彼の学歴をきいてみもしなかったのは今になっても不思議である。彼は弟子などと思わず若い友人たちと考えていたようであった。

翌昭和七年（一九三二）四月より復学して京都へ出る。竹内は浄土寺南田町（法然院のすぐ西）に住んでいたが、その近くの御所段町に下宿をかわり、せっせと詩をもちこむ。大分そのことをうっとうしく思われていたのかも知れないが、表情には出さない。退屈そうな顔をしているだけであった。その年の六月二十三日に書いた詩を読んで、ようやく彼はうれしそうな顔をした。これは詩になっているというわけであった。こっちはますます詩に熱心になるが、三高へもまあまあ怠けずに行っていた。去年と同じく、理一（年）甲三（組）である。その理科一年の棟の端に、文丙（フランス語を第一外国語とする）の教室がくっついていた。文一乙、文一甲は別棟であったが、どこにあったか記憶にない。三高中のことをてんで知らなかったのである。

休み時間に、北側に立っている便所に小便に行き、そばの土堤に腰を下ろしてたばこを吸う。すると、今年入学したらしい文丙の少年が、背は高いが純情重厚でやわらかい感じをただよわせながら、理由はわからんが幾分なつかし気にわたしのそばに座りにくる。段々言葉を交わすようになり、親しくなりはじめた。それが野間宏であった。どういうことでわたしにいわゆる「目っこをつけた」のかは知らない。

詩の調子はよくなったし、ますます竹内に傾倒していたし、野間少年は気に入ったしで、七月ころかと思うが、野間に竹内勝太郎の話をして、連れて行ってやることにする。野間は親しい友人もさそってよいかというので、かまわぬというと、寄宿舎へ帰って、質朴を絵にかいたような顔の男を連れて来た。これが桑原静雄で、のちに筑摩書房の社長竹之内静雄になった。大正二年生まれ、静岡見付中学出、一年浪人して、今年文甲へ入ったという。いやに冷静で意志の強そうな青年であった。野間は大正四年生まれ、大阪北野中学の五年から入学したと思う。

こうしていったんわたしの下宿に行き、それから竹内勝太郎のところへ二人を連れて行った。はじめは、あんな人えらいんか、普通みたいなどと思いつつ通っているうちに、この二人も急角度で竹内に傾斜して行った。この三人が、竹内を中心に、その年の十月、『三人』というガリ版同人誌を創刊することになるのである。

6

その（昭和七年）夏休み中、わたしは自分の詩集を計画したが、竹内にこれは良いといわれた詩の数が僅少であったので放棄し、同人雑誌をやることを提唱し、竹内勝太郎を中心にそれを作ろうということになったのだが、竹内はもう少し基礎が固まってから同人になるというわけで、竹内主宰はさたやみとなった。『三人』という題がいいと、それに定《き》めたのは竹内であり、のせる原稿をえらんだのも竹内であった。

これは、わたしはいつでもこうなると半ばあきらめているが、何事をやるにつけ、それについて無知なまま飛びこんでしまうところがある。『三人』をやるに当たっても、わたし、野間、桑原みなガリ版の技術についてさえ何一つ知らなかった。ガリ版を切ったことさえなかったのだった。野間は北野中学時代に同人雑誌を作ったことがあるらしかったけれど、その製作にはタッチしなかったのかも知れない。

三高文芸部の輪転式トウシャ版を、竹内家の乳母車にのせて、わたしの室まで運んで来たのはいいが、原紙を切り終わっても、なかなか刷りようが判らず、失敗ばかりした。また、表紙に使う絵を木版にするのに、朴《ほお》の板を買ってくることに気付かず、カマボコ板を使った。生まれてはじめてわたしが彫ったわけである。

雑誌の型は竹内勝太郎の希望で、フランスの『コメルス』と同じ大きさにした。正方形に近いようなひろい変形判である。

その間、三高文芸部長の林久男教授の反対（三高に『嶽水会雑誌』というのがあるのになぜ別に同人雑誌を作るか）があり、学生部長の平田元吉教授（この人は大学時代、志賀直哉の家庭教師であったので、その点から応援をたのんだ）の後押しを得てようやく許可が出たり、野間が胸を悪くして休学せねばならなくなったり、桑原にも支障が出来たりして、なかなか三人一緒に印刷で働くというわけにも行かなかった。しかし、十月発刊は成功した。十月としたのは、わたしの生まれ月で、後々年月が数えやすかろうと思ったからで、このことは野間も桑原も知らなかったかも知れない。（竹内の死後、略伝を書くために調べて、彼が十月二日生まれだと知って奇妙な気がした。戦後の同人誌『VＩＫＩＮＧ』もわたしは十月に創刊した。意識してそうしたのだ）

出来上がると、竹内の書斎で批評会をやった。これは以後ずっと、竹内の死後もつづけたが、記録を残すということは思いつかなかった。記録を残すことをはじめるのは、『VIKING』である。今もやっている。

部数は少なかった。多くは三高内で売った。その年四高に入っていた岩崎一正のところへも送ったが、それが岩崎一正から、三中で一年上だった井口浩のところへとどいた。井口浩は六高を学生運動のため中途退学の「やむなきに至って」という形で、大阪の高槻の母の家に何もせず、文学の本ばかりよんでいたのであった。

井口浩よりわたしに熱烈な共感の手紙が来（彼は中学時代のわたしを一方的に知っていたらしい）わたしは即座に井口の家へ出かけて何日かとまりこみ、井口を竹内勝太郎のところへ連れて行った。井口もなかなか竹内勝太郎を認めなかった。が、やがて認めるようになった。それはよいが、わたしは井口の家に下宿してしまい（食堂兼下宿をやっていた）文学いちがいという形になって、理科はいやだから、三高の文科を受け直そうという気になって来た。

井口は二月には『三人』にすでに参加して、そのガリ版を切り、印刷もきれいにやった。学生運動中に得た技術なのであった。

7

井口の参加は『三人』に新風をふきこみ、同人に、特に野間宏にショックを与えた。と共に『三人』を堂々と出せることにもした。なぜなら、その時、発行人の資格ある満二十歳は彼のみであったからだ。わたしや桑原も大正二年生まれであったけれど、二月生まれよりずっとおそい生まれだったからである。

井口は萩原朔太郎・室生犀星・三好達治・辻潤・牧野信一・堀辰雄・梶井基次郎などの文学にすでに親しんでいた（しかし、自分で創作するなどということは余りしなかったようであった）から、わたしが竹内勝太郎のところへ連れて行っても、あの人は詩人らしくないと、むしろ反発を感じたようであったし、詩を書くことをわたしがすすめても、はじめはその気になかなかならなかった。しかし、わたしは井口の家に下宿してしまい、起きてから寝るまで大抵一緒という有り様だったから、時々くたびれて井口がわたしにかんしゃくを起こすというようなことがあってもついに押し切られて詩を書きはじめるようになり、その詩の才気と新鮮さに野間宏が最も敏感にショックを受けたらしく、竹内勝太郎も井口の詩を高く評価し、井口の竹内観にも変化があって、割合早く、井口は『三人』に包みこまれたという面がある。

だが、井口の目から見て、『三人』の同人たちが子供っぽく、また当時の新しい文壇について余りに無知であると、あほらしく思わざるを得ない点があり、時々攻撃的に出ることもあった。その攻撃が身近におり、しかも大層親密になっていたわたしの方に集中的に、より容易に向けられるのは自然の勢いであったが、わたしは生来、けんかの売り買いをしない性格であるので、井口は攻撃のしがいがなかったかも知れず、しばらくすると和解するのだった。

当時流行したシェストフのことを、わたしがシェトスフと言いまちがったりするのが、井口には耐えられなかったらしい。そのくせ彼はわたしの詩に梶井基次郎の小説と同質のものがあるといって、きげんのいい時には、梶井の「城のある町にて」とか、辻潤の「幻燈屋のお文さん」を朗読して聞かせてくれるのであった。わたしは彼のおかげで、そのころの日本の文壇文学について新しい知識をそそぎこまれると共に、『ドイッチェイデオロギー』なども読まされ、イデオロギーとは何のことか何度でもたずねて、また、ついに彼にかんしゃくを起こさせるのであった。わたしは竹内にすすめられて道元の『正法眼蔵』もよんでいたが、『正法眼蔵』も『ドイッチェイデオロギー』も、どちらもチンプンカンプンというところであった。これは今でも同じらしい。

食堂兼下宿の長流荘にはカフェー遊び、ダンスホール通い、遊郭通い、マージャン好きといった放蕩医学生も集まれば、左翼学生も集まり（双方兼ねているのもいた）かと思えば高槻工兵隊の士官も下宿し、わたしのような未成年もいるといった有り様で、左翼学生の読書会もひらかれていて、それに気付かずにその室を通りぬけようとしてびっくりさされたこともあった。その読書会に井口浩がチューターみたいな役をしていたからである。井口は詩をやろうという気持ちと、昔の学生運動から尾をひくものと、も一度どこかの学校へ入って未来をひらこうというものと、その三つの間ではっきり出来ないで惑乱していたのかも知れない。わたしが、やめたものなら、きっぱり読書会などから手を切れといったら、彼は、おれは左翼はやめたけれど、人のお役に立てることはやらねばならんと思うと相手にしなかった。また一方、その読書会のメンバーの中には、あいつが居るから浩さんがはっきりこっちに踏み切れんのや、あいつをいっちょうやったらないかんと意気まく柔道部員もいるという有り様だったらしい。

8

三高理科の二度目の一年生のとき退学し、井口の家に下宿していたこのころ、わたしは井口と一緒に散歩しながら、英文法の教科書などはちょいちょい見ていたが、他の受験準備はしなかった。そして、今度は三高の文科丙類を受験して入学した。竹内勝太郎がフランスの詩人ヴァレリなどに傾倒しているので、フランス語を第一外国語とする丙類を目ざしたわけである。その時、野間宏は文丙の二年となっており、野間の希望もあって、二人は左京区浄土寺真如町の伊藤別邸（というとしゃれているが、どういうわけか二階建ての古い長屋であり、長いムカデがよく天井から落ちて来た）の一軒の二階の二室を借り、狭い室に野間が、広い室にわたしが入った。

この合宿は結局、野間の失望に終わった。せっかく文丙に変わったのに依然と学校に不熱心であり詩ばかり書いていて、彼のはげみに全然ならなかったからだ。一方、わたしは大変な努力家の野間が、『三人』が変形判であるために余分のところが切り落とし紙になっているそれに、一字を二十回も三十回も書いてフランス語の単語を暗記する後ろ姿にうんざりして来るのであった。こう勉強せられてはやる気になれんという訳である。その上、理科をやめてドイツ語と縁が切れたとたんに、それまで二年間も、どこがつかえるのか暗記出来なかった定冠詞の変化が楽々と口に出て来るのに愕然とし、今度はフランス語の動詞変化がどこかつかえるみたいに暗記出来ないのに愕然とした。

これではやる気になればなるほどやれんらしいなという予感がする。それは努力すればするほど、それをさまたげるものが底の方に働いているといった感じのものであって、やがて中学二年のころのように学校をやめたいという衝動になってくるのであった。今から思えば近ごろよくいわれる五月病といったものにすぎないが、本人にとっては努力すればするほど、反省すればするほど、自分をいじめる結果になるものであったようだ。

こういうことが判ったのは後年になってからで、当時には理解出来ない。自分を責めるばかりであった。自殺に至らなかったのは、リンゼイ判事の『試験結婚』やニールの「問題の子」「問題の親」「問題の教師」などを読むことによって、自分の心の中の葛藤を解きほぐす術を自得して行ったからであろうと思われる。単なる学者の人生論などではどうにもならない。攻撃性が微弱であったために、革命という風にも結びつかなかったようにも思われる。他を責め、社会を責める発想が生じないで、自分を攻めぬいたあげく、自分を責めることの愚かしさに、徐々に本能的に気づきはじめたのかも知れない。しかし、わたしの退学願望はわたしの両親はもちろん、竹内勝太郎をしばしば悩ませたものであった。おそらく、理解不可能であったと思われる。

そうしたころ、突然、高槻の大阪医専の左翼生徒のいっせい検挙があり、生徒の読書会の指導をしていた井口浩もひっかかった知らせが来た。竹内勝太郎は有力者に手を回し、高槻署から大阪府警本部に移されていた井口浩をもらい下げることに成功する。警察署長を父にもっていて、警察に恐れをもっていない桑原静雄がこの際、竹内の使いとして有能であったはずである。

その後、竹内勝太郎は四人に「若い友人」たちを自分の家のすぐ近くの二階家を借りて合宿させることに踏み切ったのであった。フランスの僧院に文学青年たちがこもって一つの文学運動を成功させた例が、彼の頭のどこかにあったのだった。

9

この合宿は二か月ぐらいで解散になったような気がする。それぞれ個性と自信の強い二十代前半の青年を四人、二階建ての日本家屋に入れておいたのでは、それぞれの個室が独立しているフランスの僧院での合宿などとは条件がちがい、まだ四人共、酒はのまず、乱暴ではなかったとはいえ、お互い同士の嫌悪が内らにこもる可能性が大いにあったわけである。野間、桑原は三高へちゃんと通う、わたしはさぼって夜おそくまで起きて詩を書いている、井口は竹内勝太郎の配慮で、彼の親友の画家榊原紫峰の息子たちの家庭教師に通うようになって、彼一人が生計をもっているというわけだった。

竹内の家は半分もかからぬ位そばであって、四人はしきりと竹内を訪ねて行き、竹内はベタベタしないで四人の成長をひそかに楽しんで、それぞれに適した鍛え上げ方をしたのであり、また、彼の夫人はそうしたことに理解深く、四人にとって気の許せる親切な婦人であった。この人は宮川町の芸妓だったが、そのことをおそらく四人とも知らなかったであろう。

四人が合宿中に、太田安四という三高文科生がよく訪ねてくるようになり、また、わたしの理科時代の同級生であった小林という三高理科生（このころ猛烈なクリスチャンであったが後に医者となった）岩田義一という三高理科生（後に物理学者となる）それに井口やわたしの友人の四高文科生の岩崎一正が、合宿を訪れてわれわれと一緒に竹内家の書斎に座りこむということが時にあった。これらの訪問客のほかに、同人雑誌の発行所があるということで、川端署の特高（思想関係である）の刑事の鬼瓦《おにがわら》とかいう仇名で、のち太秦《うずまさ》の撮影所の人事課長になった人物が二回ほど訪ねて来たことがあるが、気楽そうな文学青年がおる位にしか思わなかったか、皆の本棚を調べるというほどのこともしなかった気がする。

井口浩の存在について、別に高槻署あたりからの連絡がなかったのかも知れず、また、当時、市役所の嘱託であった竹内勝太郎が身柄引き受けしているということが分かっていたゆえかも知れないが、当時別にそのようなことを考えてみたこともなかった。

内務省（警察の大元締めである）と所轄署（川端署で、京都でも最も特高課の優秀さで知られた）には同人雑誌を一冊ずつ納めて検閲を受けるということになっていたが、内容が大したことないと見られていたのかも知れない。そのほかに思い出すことは、一つ芝居でもやろうかと、フランス喜劇の『署長さんはお人好し』というのをみなで本読みをやり、女役の桑原の奇声にびっくりして、近所の家の人たちが飛び出して来たということがあった。こちらがびっくりして、芝居げいこはさたやみになった。

竹内勝太郎がそれぞれの「若い友人達」にそれぞれの対し方（教育？）をしていたということは、井口には三木清の『パスカルの研究』を与え、野間、桑原とは哲学について語り合っていたことを今も思い出す。

わたしに関しては、気心が知れぬようなところがあって、扱うのに閉口していたのではあるまいか。詩作にのみ熱中し、学業はおっぽり出しているという、説教してもききめがなく、余りしゃべりもせず、こちらから語りかけてみても、つぼにはまるような返事を一向にしないわたしは、竹内勝太郎にとって、わけの分からぬ存在であったらしく、あいつは野獣みたいなところがある、頭をなでてやろうとするとかみついてくる、家畜みたいなわけにはゆかん、と、わたしのいない時、いったそうだった。

10

合宿がもちこたえられなくなって、解散となり、井口浩は近くの浜田という上品な爺さんのいる家に下宿して、フランス学館に通いつつ榊原紫峰の家の家庭教師をつとめて評判大いによく、野間宏、桑原静雄は野間とわたしが前にいた伊藤別邸に隣同士の室の下宿住まいをはじめ（この二人は余り摩擦もなくうまく行ったはずだ）、わたしは徳島県の池田中学から京都一中へ（三高志望のため）転校して来た親戚の中学生をつれて、京大農学部の近くの田中樋ノ口町に平屋建ての一軒を借りて住むことになった。狭い庭に一抱えもあるような大木が高く立っていたが、何の木かは忘れた。これで四人ともわかれわかれになれて気がさっぱりしただろうと思われた。

ところが、わたしに関する限り、さっぱりした気分が続くというわけには行かなかった。十月、一学期（三高は二学期制であった）の期末試験に、心を入れかえて何とか準備の勉強をしようと思っていた矢先、外から帰って来てみると空き巣に入られて、郵便貯金通帳と印をとられているのはまだしもとして、学校の教科書類をガッサリととられており、準備も何もあったものではない。

所轄の下鴨署へ届けたが、試験も終わってから呼び出しが来て、刑事部屋まで出かけると刑事はいかにもおかしそうに、「外国語の本など盗んで、ケッタイな奴やと思うてたらなあ、そいつそのはずや、中央大学卒業の学士やったわ。丸太町の本屋に売ってたから、場所と店ここに書いてあるから行ったらええ。本屋も金出して買うてるんやから可哀そうや。その金出したってくれるやろな」といった。盗まれて買い戻すとはまるで盗人に追い銭とはこのことかと思ったが、何とも気の滅入る話であった。

二学期の勉学に気の入るはずはなく、従って、次の年、昭和九年三月には見事落第して、四月よりまた、一年生で、四度目の三高一年生となってしまった。出席日数が足らぬ点でも落第の資格十分であったが、学業の方も落第資格十分であった。何しろ、フランス語の動詞変化でもうつまずいているのであるから。良い成績は日本歴史だけで、中村直勝教授に、君、日本史をやらんか、とすすめられたのが珍妙なことであった。

この年、『三人』は順調に出、五月号には太田安四（大正二年生まれ）の同人加入もあって、同人が五人となり、ちょうど精神的に一番成長するような時期に当たって、内容が急速度で充実して行き、竹内勝太郎も内心満足であったのであった。しかし、また、この年は『三人』の恋愛年にでも当たったというのか、野間宏の失恋、わたしの失恋、井口浩のひそやかな得恋というものがあって、これが竹内勝太郎を少々は悩まし、少々は面白がらせ、野間が一番純真だ、彼は上のものに可愛がられる人物だという評価が竹内の心に根付いたのであった。

そのあたりはそれでいいのだが、今度は七月の、一学期の中間試験にここでいい成績をとっておくと後が楽だなと思っていたわたしは、試験のはじまる前日の夜、太田安四と疏水べり＝今は哲学の小径《こみち》とかいう＝を散歩していて、近眼の太田が疏水へはまってはいけないと、疏水側の方へかわってやって数歩で、蝮《まむし》をふんで蝮にかまれ、これで試験はオジャンとなった。監督のために径をへだてて隣の下宿に竹内勝太郎に入れられていたのだが、その二階で半月ほど寝ているほかなく、退屈して本をよみつつ煙草を吸いに吸って、へビースモーカーになってしまって、いまだになおらない。「富士さんはほんま鈍なお人やなあ」と竹内の奥さんに溜め息をつかせた。鈍なとは普通のいみと重ねて、不運なというういみがある。しかし、その不運は鈍なればこそまねくのでもあるらしいのであった。ナポレオンが部下にするのを最もきらうツイテナイ奴なのである。

11

二学期に入ると、竹内勝太郎は禅宗の作務のことなどを例に引き、作務のつもりで学校へ行くようにと説いた。そうすると、作詩は座禅ということになり、これが本筋ということになるが、もうそういうわたしの生きざまをどうにも変えようがないと思ったのかも知れない。そのころ彼は岡崎の美術館の嘱託となっていたが、朝五時ごろに起きて詩作や評論を書いて、昼前ごろになってやっと出勤するような勤め振りであったから、わたしにそう強いことはいえなかったのか、またはわたしにほとんどあきらめを感じていたのかも知れない。期待は野間と井口の上に重くおいていたようである。

ところが、冬近くなって周囲の人々にとっては全く突然に思われただろうが、井口浩が女とともに姿をかくしてしまった。その一種の駆け落ちをわたしはいったん中止させようとしたのだが、情熱的すぎてとめてとまるようなものでなく、ひそかにわたしも賛成してしまったのだが、彼らがどこへかくれたのかはじめは知らなかった。しかし井口とわたしとの関係から、わたしが知っており、黒幕であるとにらんだ竹内は、井口の投げ出した紫峰家の家庭教師の役をわたしに引きつがせた。

時々カマをかけられても、竹内に対しても、紫峰に対しても、また、井口の母に対しても、わたしは知らぬ顔であったが、日記には井口のことは書かぬようにした。竹内が日記を見せてみろといったら、到底それにさからうことがわたしには出来ぬと思ったからであった。

このことから、警察が井口の前歴からわたしも左翼学生ではないかと、紫峰のところへたずねに来たことがあるらしいが、紫峰がそのような男でないと軽く打ち消し、わたしは警察と無関係にすごせたけれど、竹内の家に程近いわたしの下宿（道をへだてて隣の悉皆屋《しっかい》からわたしは出て、アメリカ帰りという家に下宿していたが、竹内の近くではあった）に訪ねて来ようとしている不用心な井口に路上で出会ってびっくりしたことがある。

もう冬に入って寒くてたまらんから、蒲団を何とかしてくれぬかと彼はいうのであった。彼の職さがしはうまく行かず、相手がカフェー勤めをして彼を養っているらしかった。彼のかくれ家にはじめて行ってみたが相手は勤めで不在であり、何とも寂寥《せきりょう》たる室内で、彼もこれではたまるまいという気がした。その年内であったろうと思うが、これも数学の試験のある前日、ウォッカを一瓶もって彼の家へ行くと、女が昨日から帰ってこないといい、一晩ウォッカをのみつつ彼の話をきいて、翌朝学校へ試験を受けに行ったが、答案用紙に名前を書くと、安心してしまって、ぐっすり寝込んでしまったのであった。

どうも万事、試験の前日に事が起こっていることには今更おどろかされるが、本人は内々学校をやめることを望んでいたので、気分的にはのんきであったわけでもあった。

この事件は間もなく不思議なわけの分からぬ決着がつき、竹内には「自分も救えぬものが人を救えるか」と小言をきかされ、内心、自分が救えぬものが助け合うものだと反抗し、長い間、しっぽを出さなかった君は実に意志が強いと紫峰にいわれて、内心、はなはだ居心地の悪い気がした。

こういうことで、またも落第必至であるのを理由にわたしはここで退学にふみ切った。クラス担任の伊吹武彦教授は親切で、今度こそ一生懸命にやりますという誓約書を出したらもう一年やれるようにして上げようといってくれたが、これはやるはずが自分にないから辞退したのであった。全くおかしな、それこそ鈍な三高生活であって、ばかばかしく陰鬱の極みである。

12

翌昭和十年はとんでもない悪年であった。

井口が高槻へ連れ戻され、やがて大阪歯科医専への道へ親たちに向かわされて行ったこと。わたしが三高を四回の一年をやって中途退学してしまったこと。しかし、これはわたしにとって幸福この上ないことであった証拠に、以後今に至るまでわたしは学校の悪夢をみたことがない。たまにみるのは軍隊の召集令状がやってくる悪夢だけである。これも三年に一回もみない。

野間は竹内勝太郎が京都にいるから京大の仏文へ進んだ。桑原が京大の中文に進み、太田が京大の英文に進んだのはこの年であったか次の年であったか、わたしにはおぼろ気なところがある。

わたしは紫峰家の家庭教師をやっていたが、珍妙な恋愛まがいの発端で終わった事件があり、梅雨に入るか入らぬころ、道を歩きながら竹内勝太郎に柔らかくたしなめられたことがあった。その言葉をそのまま記憶してはいないが、その趣旨は、君たち若い連中は（という中に、野間、井口、わたしが入っているわけである）女を実に純粋なロマンチックな心をもった存在と思いこんでいるが、女ほど本質的に実際的で打算に秀でているものはいないのだ、それをよく知らなくてはだめだ。そういうことであったが、そのたしなめようの柔らかさは、女にかけた夢を見事うちくだかれた経験がある者の柔らかさのような気がした。

しかし、こっちとしては、若い男がそんな間抜けたものであるとしたら、若い男のおれがそうしたヘマをやっても当然であるわけだと内心思い、恐れ入るところが全然なく、野間が女心の不可解に悩んだ時、女の性器がはなはだ攻撃的に見えるようなロダンの彫刻の写真を見せて、女にはこういうものがついているのだということを知っておいて考えろといったという竹内の教育法を思い出して、なるほどな、人を見て法を説く人だなと、尊敬の念はもったのであった。人柄は尊敬し、その説くところには服従する気がなかったわけである。その柔らかな説教には、しかし、若い連中に対する愛はたっぷりあると思った。

その説教が、おそらくわたしの竹内勝太郎との最後の対話となってしまったのだと思われる。六月二十五日、竹内勝太郎は若い同僚と共に上高地に向かう途中、黒部の猿飛渓谷で足をふみすべらして黒部川に墜落して行方不明となってしまう。同僚がくつばきなので、自分が用意して来たわらじを使わず、くつのおつき合いをして、足をふみすべらしたらしいのであった。

皮肉なことに竹内勝太郎がその旅から帰って来て開かれるはずの、彼の書斎での批評会の材料になる『三人』第十号は、桑原静雄の弟で八高にいた桑原島雄の助力で、名古屋の印刷屋で出来上がりつつあった（昭和十年四月二十五日発行と印刷されているが、出来上がりは二月もおくれたらしい）。

しかも、それはガリ版からはじめて、活字印刷に『三人』がふみ切ったものであり、すでに昭和八年十一月の第五号に『同志「三人」の人々に送る手紙』を書いて、「若い友人達」を同志というように至った竹内勝太郎の大へん楽しみにしていた号であった訳である。それは彼の死体がまだ浮かび上がらぬうちに出来上がって送られて来たのではあるまいかと思われる。

一月ほどたって彼のらしい首なし手足なしの死体が鐘釣温泉のダムにひっかかって浮かんでのち、京都で彼の葬儀が行われたが、大雨で京阪間は鉄道も電車も不通になり、大阪にいたわたしは出席出来なかった。しかし、受付にいた榊原始更と甲斐荘楠音が、わたしが彼らの前を通ったとがん強に主張したというのは、一体どういうことだろう。

13

竹内勝太郎は数え四十二歳で死んだが、残された『三人』同人は井口浩、尼崎安四、桑原静雄、わたしが二十三歳、野間宏が二十一歳であった。数珠の糸が切れたようにバラバラになりはしなかったが、それぞれ竹内勝太郎の死によって自由を得た、あるいは、好き好きの方向へ伸びて行ったという気がしないでもない。父親の死と同じような作用が精神の父の死においても起こるようだ。親はなくとも子は育つというよりは親がないから子は育つという方が当たるような面がたしかにこの世にはある。乳ばなれさせたくないような親、乳ばなれし得ない親子関係は全くこの世の地獄、お互いのふしあわせだろう。

（『三人』十号を竹内勝太郎は見ないで死んだのではあるまいかと先に書いたが、井口浩、竹之内静雄（旧桑原）と電話で話し合ってもなかなかはっきりしなかった。しかし、竹之内所蔵の十号に、批評会の時の書き込みが残っていて、竹内勝太郎のそこでの発言が見つかった。竹内をかこんで批評会をしたのは確かであった。四十何年も昔のことはさすがに記憶がもうろうとする。もう一つ、書き忘れていたことは、野間宏が一年生の時、わたしと二人で三高文芸部へ入り、織田作之助などと知り合ったことだ。織田や青山光二が三年生で文芸部の委員であった。しかし、文芸部と『三人』はいささかは対立関係があったかも知れない）

竹内の死によって、わたしは自然に数珠の糸の役目をしなければならなくなった。『三人』の存続と、竹内勝太郎の原稿、日記、来た手紙、その他の保管、そして未刊のものの出版とを、わたしの仕事とすることにわたしは決めた。そして、後家のふんばりという言葉をいささかヤユ的に自分にぶっつけつつ、昭和十年六月より昭和十七年六月（十一号より二十八号）まで『三人』をやり、竹内勝太郎の本を二冊は出すことが出来た。その八年間、わたしは色々な職業をそれぞれ短期であるが転々としたが、どうも尻がおちつかなかったような気がする。

ひと（竹内）のことばかりせず、自分のことをやりなさいと、伊東静雄やその他の人にいわれたこともあったが、どうもこのひとのことが、直ちに自分のことであるような気分のわたしにはその忠言を受け入れる気はなかったようだ。さて、この八年間をあと二回ぐらいで駆け足的にかかねばならぬ。

第十一号は竹内勝太郎追悼号として、昭和十年十二月に出た。さすがに、竹内の死の打撃のため、季刊の線は守れず、それは十四年まで回復出来なかった。追悼文を寄せてもらったのは新村出、志賀直哉であった。巻頭に竹内の未刊詩集から詩をのせた。これは以後の例となる。尼崎安四が「沙漠」という小説を書いて同人間の彼の評価ははね上がった。野間も「車輪」という小説の連載をはじめる。これはすでに現在の彼を思わせるところがあり、「清水焼風景」をかいた加賀耿二の注目するところとなったのではあるまいか。

後に加賀は野間を『中央公論』に書かせようと熱心だったが時期が早すぎて不調に終わった。わたしはこの号のために、日記をよんで「竹内勝太郎年譜」を編み、彼の苦渋に満ちた一生を知って驚嘆し、ますます、竹内を出版することを自分の責任と感ずるようになった。この年譜には全同人が愕然としたことであろうと思われる。この追悼号の表紙の絵は竹内の親友榊原紫峰であったが、その表紙の費用はそれ以降、紫峰がずっと負担してくれたのであった。紫峰と『三人』同人の関係はこれからなお濃くなった。

14

第十二号は半年のちの昭和十一年五月に出ている。桑原の「狼」、野間の「車輪」のほかに富士の「信子」が連載小説として並んだが、どれも未完に終わった。「狼」は弟が姉を犯す小説で発売禁止必至と思われたがその沙汰はなし。紫峰の表紙の端正さから、検閲者は中身をよまなかったものと見える。わたしが「伊東静雄」を書いているところを見ると、前年の昭和十年秋より伊東静雄との交際がはじまったことが判る。この号より吉田正次（行範）参加。三高文丙、京大仏文ともに野間の同級生で、壬生寺の執事を同時にやっていたと思うが中文かも知れない。いまはＮＨＫの監事だという。「吉田を入れなんだら『三人』が損するぞ」と野間が桑原に迫ったということだ。昭和十一年はこの一冊だけ。

昭和十二年は一月（第十三号）、六月（第十四号）だけだが、第十三号で瓜生忠夫が参加（大阪北野中学・三高・東大独文）。第十四号で伊東幹治が瓜生につれてこられて参加（神戸一中・三高・京大国文）。十四号に野間が「歴史の蜘蛛」というスケールの大きい詩をかき、露骨にプロレタリアートを礼賛した。これも、表紙の静けさのためか、川端署特高の目にとまることなかったらしい。目にとまっておれば当時のことだから、野間はパクられていても不思議はないし、『三人』にも重大な影響があっただろう。すでに野間は大いに左傾していたのであった。一方、桑原は能と禅に大いに傾斜していたらしい。

この年、わたしは大阪府権度課に雇《やとい》として入り、選抜されて九月から商工省の度量衡講習会に三月出張し、その間に高村光太郎を訪問し、竹内勝太郎の未刊詩集の晩年の詩を見せ（原稿、日記その他を古ぼけた行李につめて、わたしは自分の行くところへいつも持って行った）竹内勝太郎の詩集を出すことについての彼の協力を得ることになった。彼は竹内の晩年の詩を高く評価した。わたしについて行った岩田義一（当時東大物理の学生）のヴァレリの反訳の疑問箇所の相談にものったのであった。

昭和十三年は五月の第十五号のみ出た。野間が多くの詩を書き、岩田義一がヴァレリの「神話に関する小さな手紙」を反訳してのせた。この号より、読者の投稿を選んでのせ、同人が批評するという欄が出来、桑原の弟桑原島雄の名があらわれる。

昭和十四年に至って年四回出て、常態に復した。一月の第十六号に投稿者として、大木孝、富士正夫、日野雄吉があらわれる。大木は三高生、あとの二人は中学生であった。この号で北脇島雄が同人となる。桑原から北脇へ養子に行ったのであった。すでに京大医学部学生であった。第十八号より、わたしが京都へ移り、再び編集発行に当たる。第十九号（十二月）より富士正夫同人参加。このあたりより、同人が少しずつ日本をはなれて、軍隊、あるいは諜報機関、あるいは報道関係へと移り、一応消息が消えて行くが、それをここで一々追うことは不可能である。とにかくそれによって同人からの同人費収入も減少し、また、原稿もだんだん少なくなって来たということだ。

昭和十五年も、二月（第二十号）、五月（第二十一号）日野雄吉改め堀内進同人参加。九月（第二十二号）高林武彦同人参加（三高・東大物理）。この前に井口浩の詩集『日満つ』が出てそれに対する評言を「反響」として掲載（安藤一郎・頴原退蔵・岡本弥太・小野十三郎・片山敏彦・高村光太郎・中島栄次郎・芳賀檀・原一郎・福士幸次郎）。十一月（第二十三号）この号には同人の『日満つ』評（伊東・野間）が出た。わたしはこの年、「竹内勝太郎論草案」をつづけた。

昭和十六年一月、弘文堂書房より、高村光太郎・富士正晴共編で竹内勝太郎詩集『春の犠牲』が出る。瓜生忠夫、鈴木成高、西谷啓治・下村寅太郎、桑原武夫など、竹内に未見の人の世話で出たのであった。三月（第二十四号）六月（第二十五号）中村晃（東京府立一中卒）、房本弘之（大阪住吉中学卒）同人参加。寄稿、伊東静雄「文章」。

15

昭和十六年、『春の犠牲』が出てから、それがきっかけとなって、わたしは西谷、鈴木の世話で、その発行元の弘文堂書房京都店に編集者として入社したが、夜昼逆転の気味合いはあいかわらずあり、またコーヒーののみすぎ、竹内勝太郎の原稿整理、自分の詩作、といったことに気をとられ勝ちで、勤め人としての働きは相当おろそかであった気がするが、狩野君山とか、大山定一とか、桑原武夫とか、上野照夫とかの学者と知り合えたのは、わたしにとってはプラスという気がした。

この年の十二月八日、対米英宣戦大詔《たいしょう》渙発《かんぱつ》となって、わたしは竹内勝太郎の原稿のことが大変心配になり、それで「竹内記念号」などを出す計画をたてたのだと思う。北脇島雄、伊東幹治などがそばにいたので、その協力があって、竹内の遺稿調べも一応一通りはやれたということもその理由であった。なお、印刷所の主人植苗寅吉、大番頭三宅真造が大へんわたしに好意的になっていたということもある。

昭和十七年二月、第二十六号（竹内勝太郎記念号）は、竹内の「宗教と芸術とさかひ」という論文を巻頭に、「追悼記」井口浩、河盛好蔵、榊原紫峰、須田国太郎、高林武彦、未亡人万千子、中井あい、野間宏、堀口太平、富士正晴（竹内勝太郎略伝・竹内勝太郎刊行会の解散）と、同人の作品・随筆についで「目録」（遺稿、ノート、日記、その他の全目録）を収めた。このあたりから型はA6判にせざるを得ず（通達により）、表紙は紫峰をわずらわすことを遠慮して、わたし自身があたることにした。

四月、第二十七号を出したが、そこに書いている同人の顔ぶれは北脇、堀内、伊東、井口、中村、わたしの六人にすぎない。顔を出していない同人のほとんどは軍務についていたと考えてよい。高安国世が同人に加わって、ゲオルゲの反訳をしている。

六月、第二十八号が「最終号」となった。これの出る前後にわたしは弘文堂をやめたはずである。竹内勝太郎の『詩論』を出そうと、植苗寅吉の印刷所で組みかかっていたが、弘文堂をやめて、支払いのめどがつかなくなってしまったため、中止を申し出たところ、お互いの出世払い、香典払いで行こうじゃないかという植苗寅吉の義俠に甘えてそれをすすめていた。表紙印刷、製本代は榊原紫峰が出してやろうということになった。

廃刊することになったのは、内務省が同人雑誌の統合を指示して来たためで、統合は意味がないから廃刊にふみ切ったわけであった。ほとんどの同人が戦争に行ってしまった形で、これはわたしの一存でやった。巻末に『三人』内容目録を付した。今書いて来た文章はその目録によって書けたようなものである。

廃刊同人誌の紙の割り当てを買い集めて、出版業に踏み切ろうとしていた東京の石書房の石原美雄によって、肩代わり的に『詩論』は昭和十八年三月に出たが、やがてそれが縁でわたしは石書房の関西駐在員のようなものになり、その引きで東京の七丈書院（渡辺新）のそれも兼ねるようになったが、十八年の末には大阪の国光製鎖に徴用されて圧延工となった。三島由紀夫の『花ざかりの森』と桑原武夫の『回想の山々』が七丈書院でのわたしの仕事であった。十九年のそれらが本にならぬうち、三月わたしは召集され、五月中国大陸へと渡った。昭和二十一年六月ごろ、上海、鹿児島経由で大阪へ復員するまで、ほぼ文学のことなど思い出すこともなく（家族のことも思い出さなかったが）兵卒として、主に山々を、時に平野をひたすら歩きまわっていたのであった。桂林あたりまで行けたのはまあよかった。

16

復員後、東京から『三人』を復興しようという計画を知らせて来たことがあった。当時東京には野間、竹之内（桑原静雄が養子に行ってこうなっていた）、瓜生、吉田など旧同人が集まっていたのであった。（戦死者は北脇島雄、中村晃の二人のみであって、中村の遺言で兄の堀口太平が中村の日記全部をわたしのところへ後年送りつけて来た。どうして住所が分かったのか知らない）

この『三人』復興について、復員ボケのわたしが態度がはっきりせぬうちに、会計を竹之内が持つか、瓜生が持つかで割れて、話は消滅したという知らせが来た。だれが知らせてくれたか、今は分からない。

竹内勝太郎の本は敗戦後も、いい機会をつかんでは出しつづけて、現在まで六、七点に及び、これまで出ている本の総合としての『竹内勝太郎全集』が思潮社から創立同人三人の共同編集で出ており、井口浩の個人的出費で『三人物故詩人四人集』（北脇島雄・中村晃・尼崎安四・堀内進）がＶＩＫＩＮＧＣＬＵＢから出ているが、一応『三人』の時代のように、竹内勝太郎を出発点、基礎とするやり方をとることをわたしはやめにする気である。（『ＶＩＫＩＮＧ』に竹内のことを書くことはこれは別で、これからもやるつもりだ。ただ『ＶＩＫＩＮＧ』同人にそれをすすめる気がないだけである。雑誌の成り立ちがちがうからだ）

『ＶＩＫＩＮＧ』は昭和二十二年十月（わたしの誕生月）に創刊された。創刊同人は大阪に斎田昭吉、富士正夫、井口浩、富士正晴、神戸に島尾敏雄、広瀬正年、京都に堀内進、伊東幹治、東京に林富士馬で、斎田・島尾・林は伊東静雄がわたしに紹介した人物で、あとは『三人』同人あるいは会員であった。旧『三人』復興にさほど熱心でもなかったわたしがこれに踏み切ったのは、島尾が戦争中に自費出版した『幼年記』にわたしが感心し、こうした連中の発表の機関を作ろうと思ったのが動機で、島尾がガリ版をわたしのところへ持ちこみ、わたしが紙その他をあちこちからもらい集めて来、井口がガリ切りの技術と労力を提供して出来上がった。発行所はまず、大阪府高槻市の井口のところへ置いた。

以後三十年、発行所は大体において発行者の住所を転々して近畿地方を動き回るが、和歌山県だけへは行ったことがない。『VIKING』の表紙にKOBE・TOKYOとあるのは、完全な再編成、再出発を行ったところがKOBEであったからで、TOKYOとあるのは福田紀一の東上により、小沢信男と組んでTOKYO・BRANCHが成立し、今までつづいているからである。一時HIROSHIMA・BRANCHがあったが、一年位で消滅した。

何しろ三十年の間のことなので、その間を疾走するほかはなく、内部のいろいろの細部にふれることは不可能なので、公的変化（？）を述べて行くのにほぼ終わるだろう。

出入りした同人数が三〇〇号（昭和五十年十二月）で百四十九人、その時の現在同人数は四十七人である。この十月の三十周年記念号ではいずれも、もう少しふえているはずだ。

創立より現在まで変わらずいるのは富士正晴一人である。ご苦労なことだ。

「どうしてこのように続いたかを考えてみても、その時その時の同人がよくやり、その時その時の維持会員にささえられ、寄贈していた人々のその時その時の励ましがあったからと思うより仕方ない。カンパをこうということはしなかった。航海はあくまで同人費と維持会費ですべきである」（二六二号、昭和四十七年十月・創刊二五周年記念号から）。

17

『VIKING』はアメリカ軍占領下に創刊されたわけだが、世情を反映し、かつそれに反発もして、はなはだお粗末なガリ版ずりではじめ、いささか光栄ぶっており、いささか無用者ぶっていたようだ。創刊号を井口ひとりに切らせたら、忙しい開業医をひどい目にあわせると、彼の妻君より猛反撃をくい、第三号（二二・一二）より富士がガリ切りに任じた。面白いのはこの号に伊東幹治の『阿仁大作』（紙上出版記念会）というのがあり、次の第四・第五号（二三・一—二）に座談会野間宏小説集『暗い絵』についてがあるが、本当に同人たちが会合したわけでなく、寄せられた感想批評をバラバラにして、わたしがそれ風に再構成したものであった。そういういたずらを好む風潮もあった訳である。

一、二外注したことはあるが、三五号（二六・一一）までは大体わたしがガリ版を切り、三六号（二六・一二）より明石市大久保刑務所で印刷することになった。これは六九号（三一・四）までつづいた。発行人、岸本通夫ではじまり小島輝正、藤井和子を経て、坂本真三に至って、加古川市富田啓文堂にかわる。ついでに今までの印刷所の変化にふれることにすると、七七号（三一・一二）で第三種郵便物認可をとったが、九八号（三三・九）に至って、再び明石市大久保刑務所にかわり、現在に至っている。ここでは一番古参の同人誌であるということだ。取引再開してから二十年になるわけだから。

印刷の話はこの位にとどめ、発足から再編成のあたりまでを、ここは少しくわしく見直してみることにする。再編成で基礎がだんだん定まってから後は色々の点で一応安定した年月をすごして来ているからである。

十何年前だと思うが、また、それがのっていた雑誌の名も忘れたが、鶴見俊輔は『ＶＩＫＩＮＧ』のことを、その歴史（歴史書という位の意味だろう）を持っている不思議な同人雑誌だと面白がって書いていた。たしかにそのようなものは『ＶＩＫＩＮＧ』にある。すなわち『ＶＩＫＩＮＧ一〇〇』『ＶＩＫＩＮＧ二〇〇』『ＶＩＫＩＮＧ三〇〇』という新書型の本がＶＩＫＩＮＧＣＬＵＢから出版されており、それぞれの百号分が、大体一ページに一号分の内容目録があり、それぞれの号に変化があればそれを記し、巻尾には同人の出入の一覧表、『ＶＩＫＩＮＧ』同人の著書一覧表、その他が整理されており、巻頭にはそれぞれの百号分の表紙が白黒ではあるが、すべて並べて印刷されている。つまりこれは、それぞれの百号分の歴史書といえないこともないのである。

これを思いついたのは、日本大学芸術科を卒業してから『ＶＩＫＩＮＧ』へ入って来た田井立雄で、『ＶＩＫＩＮＧ一〇〇』の巻末をみると、彼は五二号より同人に参加したということが判り、五二号のページを見ればその時の発行者は藤井和子であるということが判る。しかし、同人になった彼が藤井和子の助手をつとめているうちに彼女と結婚するようになったという風なことや、結婚はいつであったかというような種類のことはこの「歴史書」にはかかれていない。そのようなＶＩＫＩＮＧ史は未来においてかかれるかも知れないが。

『ＶＩＫＩＮＧ二〇〇』を見ると、その田井が一〇七号（三四・七）より、一四七号（三八・一）まで発行者をつづけていることが判るが、彼が思いついて、富士・藤井・田井の三人の共同編集の名のもとに実は独自で『VIKING一〇〇』を出版したのは、その前の三十四年二月であった。それを「二〇〇」「三〇〇」は見習ったのである。そのよき発想者の彼は、この七月十八日、喉頭ガンで死んでしまった。三十周年がすぐ三月あとに来るというのに。残念である。

18

『VIKING』においては編集者、発行者はそういう仕事をやらされる気の毒な人（あるいは奇特な人かも知れない）であって、決して偉い人、権威者ではないということになっておる。キャプテン、チーフパーサーなどの役割があったことがあるが、これも半ば冗談で、三代目ぐらいまではあったが、今はなれといってもなり手がない。キャプテンは富士—小島輝正—富士で後なく、四代目は富士が預かっていることになっており、まるで相撲世界みたいだ。

チーフパーサーも、島尾—富士正夫—岸本通夫までで、岸本通夫ら東大出語学教師グループが集団で『VIKING』から分離して以来消滅したのではないかと思われる。同人に仇名をつけて呼び合うという付き合いの上下なしの平等主義も、その発想者島尾が『VIKING』を去ってからしばらくしていつの間にやらなくなってしまった。同人がふえてくると、仇名と本人とを結びつけて記憶することが困難になるからであった。

まさかVIKING同人VIKING名（仇名）字典などというものを作るわけにも行かない。そんなものを作ったら改定版を度々出さねばならない。『VIKING一〇〇』は田井、以後の「二〇〇」「三〇〇」は広重聰・安光奎佑・谷村憲一の三人組がやったが、こうした公的なものではなく、

「VIKINGガラクタ百科」（字典）といった風の冗談仕事は匿名で数人の同人がせっせせっせとやり、肝心の作品を書くのを忘れ去っているのではないかと気になる位だが、犯人の秘匿は徹底していて、犯人たちの仲間以外には結局判らずじまいであった。編集者・発行者が実に口が堅かったということでもある。

『VIKING』の非文法として（非文法は割合ある）編集者・発行者は大体二、三年でやめるべきで、その間に、若い連中から次代のものを養成しておくべき義務があることになっている。今はないキャプテン、チーフパーサーについても同じことだ。キャプテンというものは世話やきではあっても、主宰者などというものではない性質のもので、時々わたしを『VIKING』主宰者などと紹介する記事に出くわすと、気色がわるくてゾッとする。

とにかく『VIKING』の編集者、発行者は次々と若い者に移って行くのがよいので、二十代、三十代の青年がもっとも良いと思っている。第一、『VIKING』が発足したのは三十代と二十代の連中によってであった。その年代が適当なのであり、こうして編集・発行の体験のある者を続々と製造しておけば、いざとなった時にだれか発行をつづけ得る人間がいるということになる。一人になってもやって行くぞというのがVIKING精神というものだとわたしは冗談をいうが、あながち冗談とばかりはいえない。

しかし、大学紛争の時代には、大学生が大方政治青年になってしまい、『VIKING』になど入ってくる大学生はほぼ皆無ということになり、その間十年前後の青年欠乏時代がつづいて、ために現在の編集者広重や発行者安光は後継ぎがなくて悲鳴をあげることしきりである。しかし、七月から二十代の連中を三、四人つかまえ得たから、そしてその連中は大いに仕事をやりそうだという希望がもてそうなので、広重、安光はこのごろ少し酒がうまいかも知れない。いつまでも編集者でありたいとか発行者でありたいと思うのは、その編集者、発行者としての在り方に何か欠陥があるのかも知れないのであると思う。よそは知らずわが『VIKING』では。

19

『VIKING』の人事には時々奇妙なのがある。小島輝正が『VIKING』に入るやいなや、二代目キャプテンにしたことや、藤井和子が入るやいなや編集、発行を受けもたせたことやなどがその例であろう。案外それがいい結果をもたらすのだから不思議であるし、その人事に文句をつける同人が皆無だったのも不思議であるが、やはりそういう役割が一向にすばらしいものと考えられていなかったためだろう。同人数が少なくて、歴史も浅かったからなおのことそうであったのかも知れない。

『VIKNG』の三十年を回想（いささか大げさか知れぬ）してみると、いささか深刻で、いささか滑稽なことにもう一つ気づいた。それは編集、発行の任に当たっているものが、時に『VIKING』を爆破してやりたいというような衝動にかられることがあったということだ。

昭和二十七年大みそかに久坂葉子のやたらに壮烈みたいな阪急電車への飛び込み自殺があり、翌年三月、『VIKING』と『VILLON』（これは二十七年十一月、大阪で姉妹誌として、主に新聞記者を集めて創刊したもので、開高健も同人であったが、彼は例会には出たが、何も書かなかった）と共同刊行の「久坂葉子追悼号」を出した。久坂はその双方の同人であった。

これを契機にこの二つを一つにまとめようかという気分がわたしにあったが、それがいやでかどうか知らないけれど、小川正巳が『VIKING』を離脱して個人雑誌を作りたくなり、大学教師仲間の同人にそれを宣言すると、小川には迷惑なことに、おれも入れろと、教師仲間が集まって来て、キャプテンの小島輝正やチーフパーサーの岸本通夫までそれに入って、『くろおぺす』という同人雑誌を出すこととなる。

武部利男も中国文学ということで誘われたが、彼は学者ばかりの集団より雑多な人間のいるところの方が好ましいと町人精神で『VIKING』にとどまった。それ以外の学者連中は『くろおぺす』に集まり、VIKING創立同人の医者の広瀬正年までそっちへ行った。医者といっても彼は京大医学部講師の前歴があるから、やはり学者である。

キャプテン、チーフパーサーという『VIKING』の、いわば政府そのものと、知的エリートのほとんどが離脱したのだから、残りの非学者連もくっつかせてもらえばいいが、お前らは入れてやらんというのに決まっているので、残り者たちは愕然としていたらしい。その時、岸本通夫がわたしに言った言葉が実に面白くて印象に残っている。

「ぼくはね、いっぺん富士さんを裏切ったろ、裏切ったろと思うてましてん。ようよう富士さん裏切ったった。うれしい、うれしい。」いかにもうれしそうで、腹もたたない。「そうか。よかったなあ」とは、この返事の方も少なからず珍妙であった。彼は仲間には「これでVIKINGはつぶれるで」とごきげんだったと後にきいた。なかなか面白い。さすが、この打撃はこたえた（同人数が半減したから）が、五か月後の七月には、新同人藤井和子を発行者に、坂本真三を編集者とし、弱兵を集めて戦争するのが一番面白いと戦国武将みたいなことをいって、置き去られ同人の結束のもとに『VIKING』四八号を出し、次の四九号では離脱組が消滅させた「例会記」を復活させて『VIKING』は平常の航海にもどった。今思うと、坂本も藤井も久坂の仲良しであったのは何か意味があったのだろうか。

編集はその次の五〇号より松本光明にかわった。二十八年十二月で、久坂の死後、ちょうど一年というわけである。この置き去られ組に福田紀一がいるのが、これもまた面白い。あんなケッタイなアホは連れてゆかんというわけだったのか。

20

松本・藤井のコンビは丸一年順調につづいて、六一号（四〇・四）より発行者が坂本に代わり、発行所は藤井のうちより坂本の店にかわった。おそらく藤井の手伝いにせっせと通っていた田井と結婚したためだろう。松本・坂本のコンビも順調に行っていたが、九月に雑誌が出ず、十二月に出ず、翌四十一年には二月、三月と出ず、ついに五月の七〇号では、編集富士、発行坂本とかわり、印刷所も加古川刑務所から加古川市の富田啓文堂へかわっている。

これについての松本光明のずっと後での弁明とか言いわけといってやりたいがそうはゆかぬ説明によると、腹立って、いっちょう『VIKING』つぶしたろ思て、休刊にしたったんやけど、あきまへんなあ、『VIKING』はつぶれなんだ。『VIKING』はどないしたってつぶれまへんで、といささかむかむか気味であった。

こういうことは後に坂本真三もやり、あかんわ、『VIKING』つぶれよらへんわ、なんせ『VIKING』の危機となったら、常に金もはらわん、原稿もかかん、顔をみせん加藤欽介みたいな奴が、金もって、原稿もって駆けつけてくるんやからな、ほんまもう一息やおもて休刊にしててもあかんわ、『VIKING』つぶれよらん、ヘッヘッヘッ、とくたびれ果てたように笑うのであった。

ごくごく初期に、福田紀一・小松左京らの面々が集団でVIKING例会に、『VIKING』をぶっつぶしてやろうとやって来たそうだが、面々はさかんに議論を吹きかけて、当時のキャプテンの小島輝正に軽くいなされたことがあるそうだ。福田紀一がそういう。彼は全然『VIKING』育ちで、今なお『VIKING』に楽し気にいるくせに、時々『VIKING』解散論を例会でとなえ、なかなかつぶれへんで、お前がひとりでやめて出て行ったらええんやというと、それではだめです、ぼくだけ出て行っても、『VIKING』が残っているのはいやや、それから、『VIKING』を爆破するまでぼくはおりますと妙な理屈をいう。まるでこれでは『VIKING』の柱石だ。

北川荘平は天野政治とともに、『VIKING』を乗っとるために『VIKING』に近づき、『VIKING』の同人になったのだそうだ。北川が編集者の時代に、例会で天野がそれを不意にすっぱぬいた。北川とぼくは『VIKING』を乗っとりに来たんやったんでっせ、富士さん、とうれし気にやんちゃ臭くこういう。へへえ、北川は編集やってるんやから、もう乗っとってしもうてるわけやないか、とからかうと、それとこれとはちがいまっせ、乗っとったんやなしに、おれが『VIKING』に乗っとられて、こき使われてるんや、なっとらんわ、と心底から情けなさそうな人のよさそうな顔をして笑った。天野がざまあみろという目つきで北川の顔を見たわけは判らない。

武部利男は名編集者の名が高かったが、おとなしいくせに、すこぶる同人を悩ました。例会に来ると、原稿ないか、原稿ないかと催促する。出すものがあるとよろこんで風呂敷につつみこむ。しかし一向にそれがのらない。だれか同人の一人が奈良県の武部の家へ行ってみると、山ほど原稿がつんであったそうだ。

これはみんなあかんというのだそうだが、大分たって時にのることはある。人呼んでこれを武部の奈良漬と称して、評判となった。彼は維持会員の長い小説を一度にのせる。人があきれて文句をいっても平気である。

「こんなののせるのいかんちゅうのなら、同人がいいのを書いてくれたらいいんや」。また、とんでもない同人のくだらぬ作品をのせる。何でこんなくだらんのをのせるのかと例会で非難が出る。「そら、みんなにやっつけてもらうためです。」ケロリとしている。こういう連中がうごめいて四十年。

不参加ぐらし

こういうことしていては、生活が錆びるというような気がする時もないではない。しかし、どうにもならない。どうにかしようと努める気にもならない。このままで行って、終りになるであろうという気がするが、それでいいというような気分しかない。どういうことなのだろう。

それでは発展もなく進歩もなく充実もなくということになるかも知れないが、今更発展しても進歩しても充実しても仕方がない。知れたもんだという気がする。今更はげんで一歩三歩をすすめたところで何のこともないだろう。

わたしは随分以前から人のところへ訪ねて行くということをほぼしなくなっておる。又、京都や大阪や神戸という大都会へ出かけて行くということも、車で連れにこられぬ限り、まあしていない。冠婚葬祭みな行かない。脚が錆びついているみたいである。東京など二十数年行ったこともない。二度ほど招かれたことがあった（個人ではなく新聞社であった）が、義理を欠く感じがないでもなかったが、錆びついてしまって行くことをしなかった。行きたくはなかった。その理由をこうこうと言えるような気もしなかった。訳もなく行く気になれなかったということであろうと思われる。

中国旅行も数年前と今年と二回さそわれたが、一向に行く気にならぬ。そのくせテレビで中国がうつると、そのことに気がつく限り、必ず見る。こないだ見た桂林あたりの風景や、鵜がいなどはなつかしかった。といって、わたしに見覚えのある場所ではない。わたしはあの河を見たことはない、ずっと河からはなれたところを通った。河の鵜がいを見たことはない。しかし、池での鵜がいは見たことがある。首に縄をつないでいないところは同じだが、池でひとりでやっていたのは、テレビで大人数でやっているみたいに派手に騒がしくはなかった。テレビのは観光用の演出があるような気がして、少々好きでない感じがした。池のはしんとしていた。一人で通りかかって偶然見たので、幸運というべきかも知れない。そういう風にテレビで中国を見ることが好きであり、新聞でも中国のことが印刷されていると切り抜くことにしているから、正月、訪ねて来た人が、この四月ごろ一団の人々が中国を訪問することになっているが、あなたも参加してはどうかとすすめた。その人は、よろこんで参加するとわたしが言うと思っていたらしいので、行きたくないとわたしが言うと、ちょっとびっくりした。この中国旅行は招待ではなく、自費で行くのであったから、この人はわたしにその費用がないために渋るのだろうと想像したらしく、それら一切のことは僕達で何とかするから、行ってはどうかと言った。わたしを行かせると、何かいい収穫がわたしにあるだろうとも思い、又、揚子江岸をあちこち観光することはわたしの心の慰みになるだろうと考えてくれたらしい。「あなた、あのあたりはなつかしいんでしょう」とその人はつけ加えた。

貨物列車に積みこまれ、開いた戸の間に張り渡したロープにつかまって小便や大便を尻を外に出してやらねばならなかった北のあたりは何となくとりとめもない風景で余りなつかしくもないが、地面に下りて行軍したり戦闘したりして歩いた中や南のあたりはたしかにわたしにはなつかしくないこともない。しかし、機関銃中隊で馬を連れているために、町や都会に泊る場合にも、その外れに泊るに決っており、山岳や田舎道を通ることがほとんどであったから、いくらなつかしくても、わたしの記憶にある場所や建物がテレビに出たのを見たことは皆無であり、中国へ観光旅行に渡ったところで、その旅程にそのような場所がひっかかって来ることも先ずある筈がないような気がする。現在の桂林の鵜がいは見ることが出来るかも知れないが、わたしの歩いたのは三十数年前の華中、華南の数省であって、それをなつかしがるのは自分の頭の中でより仕方がないような気もする。三十数年前と余りかわりのない山や川や道があるのに相違なかろうが、そういうところは通れる筈がなく、又、そういうところはわれわれ日本軍によって荒され、食われ、焼かれ、殺され、強姦され、強制徴用されたところなのであって、例え一兵卒のわたしが殺人を一度もやっていないにしても、食うものはそこのを大いに食い、そのために餓え死にした人間は随分いただろうということになるから、あれは済んだことだし、わたしとしては致し方もなかった、わたしも戦争の被害者だったのですという顔で歩く気にはなれない。どうもそういうこだわりがわたしにはどんよりとある気がする。といって、すべてをひっかぶって謝罪するといった代表的精神も変であるという気がする。そこらへんが古風すぎるのだろうが、先も短いことだ、古風のままでよろしかろうと思っているらしいのである。従って、中国に特に行かねばならぬとは思わず、もしあちらの役に立つことがあるのなら行ってもいいのだが、そのようなことはある筈はないという気もするので、行った人を羨むこともなく、自分のこのような変な心情を悔むということもなかった。行く気にはならん、面倒や、ですんだ気でその時はいた。

次の日、その一団の有力なメンバーの一人より愕いたような電話がかかった。突然あんたの参加の話を聞いたが、本当に行くのかというのであった。全然行く気はない、行くなどというのは本人も初耳やけど、一体どうなっとるんや、というより仕方がない。相手は、あんたが参加するとはおれもびっくりしてしまったけれどなといい、どこからそんな話を耳にしたんやときくと、昨日来た男から、皆であの人の旅費を都合して、中国へ行かせてあげようではありませんかと、喜捨の勧誘があったのだそうなのだった。前の時も、おれは行く気になれんと謝絶した（その時は招待旅行であったが）ことを彼は知っているので、はてどう気が変ったのかとびっくりしてわたしに電話をかけたのであった。わたしが全然行く気がないことを知って、そうか、そうすると彼の勇み足か、びっくりした、全くびっくりしたと、ようやく相手は納得がいったらしかった。

しかし、何故、あれから三十何年もたち、状勢がすっかり変っており、中国側が中日友好を大変求めて、文化交流のためにも日本人を心から招待しようというのに、わたしはそれに同調出来ないのだろう。電話を受けてから、ちょっとそのことが気にかかった。おれは意固地で、融通のきかぬ老人なのであろうか。戦争時の記憶がこびりついて解け去ることのない旧弊な変人なのであろうか。むしろ、こういう人間が困り者なのではあるまいか。出掛けて来てもいいということになったら、素直に、行きがかりをさらりと流した気分で出かけ、新しい中国を見て来る素直さがないということは、或いはケシカラヌ心情なのではあるまいか。そういう事も少し気になった。そういう素直さは或いはないのかも知れない。強情なのかも知れない。または、そういう風に容易に素直になれる同国人の感じが好かないために、自分はそういう素直さに背を向けて、大いにかたくなになりたいのかも知れない。

そんなら、今度は行かへんのやなあ、しかし、この次の機会があったら、あんたは是非行く方がええと思うけどなあ、といくらかの安堵といくらかの失望がまじったような調子で相手は言った。

本当に用事のある人か、行ってる間も月給もらえる人か、ようけ印税もらえる本をもっている人か、行ったらそれで本かいてかせげる人か、そういう人が行ったらええんやろと思うわ、わしみたいなのはそのどれでもないから、行ったらその間仕事出来んし、家が心配やし、まあ、一生行けんかも知れんし、行かんでも別にかまわんしいうところやな、とわたしは不景気なことを言った。まあ行くのは四月やけどね、と相手は言った。

あんたらが行ってる間は、中国文化大革命の新聞の切抜きを出して来て、ずっと読んで、あんたらの旅をしのぶとするかな、とわたしは言った。これはいずれまとめて読みとおすつもりでいるから、四月、彼らが中国訪問している二週間ぐらいの間にそうすれば丁度いいかも知れない。十余年の切抜きだからひどく多そうだが、多くなったり、少くなったりしていて、恐ろしいほど多いということもない。昨年四月一日より現在（二月五日）までの分は九糎《センチ》足らずしかない。どうやら、文化大革命の大さわぎも、四人組追放で一段落というところで、大人物が皆死んでしまったために、中物時代がつづくようにしか思われない。政治とか経済とかの実力世界、闘争世界に、定年がない（つくれない）ということは実に気味悪い恐ろしいことだが、これは仕方がない。しかも、傑物、大物、切れ者、英雄であっても、年老いてモウロクすると、変な実力行使をはじめることが屢々あるので、理に合わぬ世界が、理に大いに合った外貌で、展開し渦巻くのではなはだ厄介な無意味な影響を後に残すということになる。これも、人間世界では仕方がない。おそらく永遠に仕方がないことだ。

こういう風な一種楽天的人間不信の気分をもっていては、宗教、イデオロギー、科学、その他一切の人間の考えだし、行う、善にも悪にも、希望も悲観も程々にしか持ち得なくても仕方がない。こんな知恵も、経験も、手腕もないオッサンが、会合に出かけたり、人のところへ行っても何になるものでもないし、かえって迷惑みたいなもんだろう。

だから、ふっと気の迷いから出て行くような気にならぬよう、自らを戒めて、この十年近く歯を磨かず、ひげを剃ることを怠り、外出ぎらいを極め、不参加ぐらしを信条としている。字を読んで、字を書いておればそれでいいだろうと思っている。自分を大して評価していないということらしい。

ポイス短篇集

そういうことは出来ないとは判っているが、わたしはT・F・ポイスの短篇のいくつかは、自分でテキストを読み、自分用に反訳したいなという気がますますしている。出来ないとは判っているというのは、おそらく一字一字字引をひかなくては、テキストを読めないほどの英語読みにわたしがなっているということである。しかし、それでもテキストで読んでみたいとは、今から四十五年程前に、奈良の志賀さんの家で、君これを読んでみたまえ、大変いいものだよとこの本をすすめられたときには、わたしも若かったからその内容もよく判らなかったので、別に思いもしなかった。

しかし、いつの間にか老年に近づいている頃から、若い頃はフランス文学の反訳など好んで読んでいた自分が、イギリス文学好きに（いずれも反訳でよむのだけれど）なっていることに気付くようになっていた。それは何故だろうかということは、イギリス文学にはどこか田舎くさいところ、骨太いところがあるぞと感じはじめたからだという気がする。田舎くさいところ、骨太いところがあるのに、知的な点でもひどく気の利いたところがあるということもあわせて感じていた。

リットン・ストレーチーや、デイヴィド・ガーネットや、イヴリン・ウォーや、そうしたものをあちこち拾い読みにして、この好みはわたしの中で固まって来ていて、近頃の大へん繁雑な感じのする現代文学など読むのは厭であるなあという気持をわたしの中でますます強めているが、自分の一生もそう先は長くはないという見通しのようなものがついてくると、現代文学など読んでいることは大損ではあるまいか、それより、簡潔で的確な感じのする文体の、イギリス連のを読み直した方がよほどましではあるまいかという気分がしてならない。

そうなると、T・F・ポイスのものなど、最も理想的なものではあるまいかと思われるのであった。しかし、残念なことに、それを読めるとは思っていないから、わたしは横文字の小説本など一冊ももっていない。そして、そういう習慣がなかったから、横文字の本をどこへ買いに行けばよいかということも、変な話だが、全然、不案内である。

とすると、T・F・ポイスのテキストになど出くわすことは不可能であるままにすぎるかも知れない。

それならそれでいいので、わたしは龍口直太郎訳のそれを読んでおればいい。というのはこの反訳は実に良い訳で、テキストのイギリス文の、匂いや、つやや、手ざわりが、まるで本物にさわっているみたいに、わたしに感じられるようなところがあるからだ。そのために、ふいと、自分がイギリス語を全然おぼえてもいないくせに、テキストで一字一字字引をひきつつ読んで、反訳したいなどという誘惑におちいるのであろうと思う。

反訳するとは、わたしの場合、手でさわってたしかめ、味わうというような動作であるらしいのだから。

杉田久女の人と作品について

杉田久女の人と作品とを考えるのには、彼女を「ホトトギス婦人俳句」の俊英として虚子は注目に推挙し、ホトトギス同人とした時代、どういう理由か、日野草城らと共にホトトギス同人から除名し、その除名広告（又は公告）を「ホトトギス」にはっきりとのせた時代、それ以後の死に至るまでの、句作、散文（特に評論）、出来ればその間の「ホトトギス」を注意深く読んでみることが必要であろうと思われる。しかし、これは実際それに当ってみれば、大変な辛抱と、敏感な目をもつことをその人に課することになると思われ、容易なことではあるまい。杉田久女除名の前奏のごときものとして、水原秋櫻子らの「ホトトギス」離脱と、虚子の「厭な顔」に対する水原秋櫻子の「織田信長公」への応酬、また、虚子の肉親愛護の念の濃厚な、次女星野立子の「玉藻」創刊、そしてそれまでのいささか彼女の俳句の家庭教師的いや、むしろ「お学友」的存在であった久女を排して、中村汀女のはっきりした登用などのことなどにも、研究者の目くばりが求められることであろう。それ以前の橋本多佳子の動きについても同じことであろう。

わたしは『高浜虚子』（角川書店）の「厭な顔・国子の手紙」で、虚子の人間と、年齢の推移による心情の変化（特に女性に対する）に興味をもって書いたが、その時にはまだ『杉田久女句集』（昭和四十四年　角川書店）も、『久女文集』（昭和四十三年　石昌子編集発行）も持っていなかった。勿論、それ以前の、昭和二十七年角川書店刊行の『杉田久女句集』はまだ手にとったこともない。

『高浜虚子』を書きおわったことで、わたしの杉田久女への論議は一応片がついていると思った。実は一向片がついていぬ気もするが、一応この久女という女性の輪廓は判った、終結したという感じはもっていた。ところが今度この文章を書かねばならぬことで、石昌子編『杉田久女遺墨』（東門書房昭和五十五年四月刊）を見直し、特に石昌子の『久女記』を読んで、大へん感心し、同時に石昌子という人はまがうかたもなく久女の娘そのものの気質であることにも感心し、とにかく、杉田久女論は今のところこれに極《きわ》まるのではないかと思った。これに加えて、わたしが言うべきことなどないという気がした。

久女は鋭敏でもあり、猛烈な努力家、勉強家でもあり、実践家でもあったために、ぐいぐいと俳人として上昇の道をたどり、その句柄も線の太い迫力のあるものが特徴となっているようである。その一面、娘の石昌子ほどには周囲の目くばりや判断の細やかさ、聡明さというものが乏しかっただろう。そういうことを『久女記』を読み、『久女文集』をチラリチラリと覗いていて感じた。そこには生きている時代というものがあって、久女にはそうした微微さを求めることに無理があるとは思う。時代と大きくいっても、久女の夫というのも一つの時代というものであって、その人はたしかに時代の子であって、久女にとっては一つのつまづきであった。あるいは重荷であった（久女の思う強い男性という理想像とは全く反対であり、虚子にそれを久女は見ていたのであろうと思われる）。しかし、彼女も時代の子であって、ノラとはなり得なかった。じれったいことながら。

彼女が時代の子であったことは、これはわたしだけの感覚かも知れないが、虚子に菊枕を作って贈る尊敬（の裏にくっついているかも知れぬ愛情）の表現の仕方に、時代を感じ、あの時代の、男に肘つきを贈ったり、セーターや手袋や襟巻を送る娘ったらしい情愛のやり口を感じる。それは人によって（例えば彼の夫のようなのにははなはだ適当に思えるが、そういう方面にはやらないという気質が彼女にはあったのではあるまいか）はいいのだが、人によっては（例えば大虚子になっての虚子に対してては、はなはだ暑苦しい表現であったのではあるまいか。ことに虚子自身も百も承知の故事をふまえられていては、その才気が胸にもたれるところがあるのだろう、胸にもたれているうちに、闘志に満ちた大悪人にとっては突如カンシャクの元となりかねない）親切がこもるほど鼻につき、しまいには、それがくどくなると横に面を向け、君主の如く手打ちにしてしまうということになる。それが、同人除名というわけだが、このあたりの大師匠虚子の心理が久女には全然判らなくて、自分のこころを胸を裂いても先生に判ってもらいたい（真情は判ってもらえるはずだ）という風な女学生上り風のどうにもならぬ一本気しかなかった気がする。そういう組み合わせはどうにも救いようのない不幸であったが、今の俳句会では女弟子が独立するだけの世間の広さがあるように思われる。時の不幸、人との組合せの不幸があるといえばよいのか。

前にわたしが虚子はインテリ女より色町の女の方が本質的に好きだったようだということを書いたのは、久女の一本気の不幸を感じたからであったのだ。句において、それは大いにプラスになった。

死者たち

人間長生きすればする程、肉親、友人、知人の死にめぐり合わねばならない。

このごろは友人、知人がつづいて死んで、香奠ばかり持って行かねばならなくて大変だが、この調子だと僕が死ぬ頃には香奠を持って来てくれる人など一人もいないということになるかもしれんなと、どうも九十や百ぐらいまで苦もなく生きておりそうな八十何歳かの老人がいったことがある。死んだ友人があの世から香奠をもって葬式にやってくる筈はないが、あんたのお弟子さんたちが持ってくるのとちがうやろかとなぐさめると、そのお弟子さんたちが死に絶えた後までも生きていそうな自覚と他覚のあるらしいこの宗教学者は一向になぐさめられる気がないらしかった。百歳以上になって、愉快そうにテレビに現われたりする三高最長の長寿者物集何々翁のような人もいることだから、この宗教学者の心配、不安も尤もかも知れない。

しかし、人の葬式に香奠をその度その度その人は取られる（持って行く）わけだが、その人が死んだ時人が持って来る香奠は死んだその人にくれるわけではなく（もらうわけにも行くまい、その人は亡き人なのだから）遺族が葬式に使うだけのことだ。香奠返しにも使う。だから、生きていて損、死んだら損得に無関係。思ってみれば面白い。死んだのが香奠を勘定して、おれの一生は香奠の点でいえば差し引き大損やった、長生きしすぎるのはいかんなあと慨嘆するわけには行かんようである。

わたしは大分前から死ぬのに決っている病人の見舞には出かけない。死ぬ前に先生の顔を拝ませて下さい（本気にその人間はやせた両手を合わせて仏像を拝むように拝む気だと判っていた）といって来た年下の詩人のところへも、もうやせてしまって駄目と思うからお別れに一度来てほしいわという年上の女の人（いろいろ世話にもなり、その人が老女、といっても若々しく美しさが年と共にふえ、気の合い方もふえて来たような気がしていた）にも、行かへんよ、とことわって行かなかった。いささか残酷といわれそうだが、平和でもこの世は戦場であるという気がしていると、行く気にはなれない。今度いつ逢えるかなあではなく、又、逢えるかなあとしかいえぬ戦時のこと戦時の境遇を思い出すと、今の若いテレビ育ちの人間のように甘い気分にはなれないような気がして、自分で自分の酷薄みたいな気分（むしろ気性か）をもっともだあ、もっともだあと思う。

葬式は葬う式で、上にかくす草があるのか、草が生えるというのか知らぬが、とにかく草があり、中のは死んだもので、下の廾は手をこまねくとか何とかいってよくは判らないが、結局は土の中へ埋めてしまう儀式なのであろう。このようなころに火葬があったら、葬てな変な字になったかも知れない。焼いて骨にして埋め、上に草が生える。あるいは㚏てなことにもなって行くか。こんな活字を製造するの厄介だろうから二つ位でやめる。死んだ者は亡い者なんだから、生きていた人間は屍は残しているが、その屍は生きていた人間の脱け殻だから、それを相手に告別しても仕方ないわなあというう気が年と共にきつくなって（戦場で死んだ兵士をしばしば見たのでそうなったのだろう。大阪などにいて空襲を受けて死んだ屍体の片附けなどをした開高健のような人、朝鮮から引き上げる間に悲惨な死人を見た五木寛之や藤山寛美のような人には又それぞれちがう告別の内容があるかも知れないし）、葬式に行ったら「冥福を祈る」「霊あられば来り聞けよ」「極楽」「天国」などの言葉、「待っててくれよ、そのうちに後から行くから」などの言葉を聞くのが大へんやり切れなくあほくさくなって来るばかりだから近頃、通夜、葬式の類にも行かない。布団の中で白い布を顔にかぶせられている屍体も、棺の中に横たわって、顔のところだけ外から見ることの出来る屍体も、それは屍体であって、死んだ本人はもうないのだという気が固まりに固まって来ている。藤枝静男という年上の作家はわたしは大好きだが、死んだ一族が先祖代々の墓の中に集まって生きて（?）いるみたいな想像だけは閉口する。池の中の陶器が恋愛したり、結婚したりするような途方もない想像はお伽噺と思っていればいいのだから好きだが。

どうして葬式で、地獄が出てこないのだろう。そして又、安らかに眠れなどということがそれこそやすやすといえるのだろう。「永眠」という言葉もはなはだ気に入らない。キリスト教の人のいう「最後の審判」とか地獄極楽に行き先を区別けするエンマというのも、それらは俗の俗でないかと思う。俗世の裁判が宗教の中でふくれ上ったものにすぎないではないか。「物在人亡」物はのこれど人はなしといっているのがあっさり、すっきりしてよい。

この六月八日、大阪の街路で伊東静雄の詩碑の除幕式があった。どうして人間は記念碑や、寺院、教会、墓などをやたら建てたがるのか。これは戦争したがるのと同じく人間の業または人間の言い訳、または人間性の表現といえるのか知れないが、年をとると共に、段々とその人間性なるものも、屍が人でないか、あるかみたいに怪しく、あいまいに、もうろうとして来た。

死人については「死者の唇に接吻すな」といったマルセル・シュオヴの言葉がいいところだろ。

六月十日、わたしの師匠の繰上げ五十回忌が京都の寺であった。五十回忌となると行かんわけには行かずに行った。家族、親戚以外は昔の女中さんとわたしだけだったらしい。

坊主は長々と経をよみすぎた。よんでいること、本当にわかるんかい。

初出一覧

植民地根性について　「思想」一九五五年五月
久坂葉子のこと　久坂葉子遺作集『私はこんな女である』（和光社）解説　一九五五年九月
道元を読む　「文学」一九六一年六月
呆然感想　「現代の眼」一九六五年一〇月
春団治と年上の女　「大阪新聞」一九六七年七月八日
わたしの戦後　「展望」一九六七年八月
八方やぶれ　「新日本文学」一九六八年八月
私の織田作之助像　『織田作之助全集』（河出書房新社）3解説　一九七〇年四月
魯迅と私　『現代中国文学Ｉ』（河出書房新社）魯迅解説　一九七〇年六月
『花ざかりの森』のころ　「文藝」一九七一年二月
思想・地理・人理　「思想の科学」一九七一年一一月
ＶＩＫＩＮＧの死者　「ＶＩＫＩＮＧ」一九七一年一一月
パロディの思想　別冊「経済評論」一九七一年一一月
マンマンデーとカイカイデー（原題「馬に話しかける」）「読売新聞」一九七二年三月一九日
高村さんのこと　「ユリイカ」一九七二年七月
美貌の花田、今やなし　「東京新聞」一九七四年一〇月四日

子規と虚子　『子規全集』第十二巻（講談社）月報　一九七五年一〇月
伊東静雄と日本浪曼派　「ユリイカ」一九七五年一〇月
ああせわしなや　「諸君！」一九七五年一一月
私法・中国遠望　「展望」一九七六年七月
大山定一との交際　『大山定一』（創樹社）一九七七年二月
同人雑誌四十年　「読売新聞」自伝抄　一九七七年七月一六日〜八月八日
不参加ぐらし　「あるとき」創刊号　一九七八年五月
ポイス短篇集（原題「外国文学と私——ポイス短篇集」）「群像」一九八〇年七月
杉田久女の人と作品について　「俳句」一九八二年九月
死者たち　「ＺＥＮＯＮ」一九八四年九月

著書一覧

＊単行本及び作品集を掲載し、文庫等での再刊本、各種文学全集への再録、共著、訳書は除いた。また書名変更による再刊本も除いた。

『贋・久坂葉子伝』　筑摩書房　一九五六年三月
『競輪』　三一書房　一九五六年一〇月
『游魂』　書肆パトリア　一九五七年六月
『小詩集』　大阪・萌木　一九五七年九月
『たんぽぽの歌』　河出書房新社　一九六一年一一月
『帝国軍隊に於ける学習・序』　未来社　一九六四年九月
『あなたはわたし』　未来社　一九六四年一二月
『桂春団治』　河出書房新社　一九六七年一一月
『贋・海賊の歌』　未来社　一九六七年一二月
『贋・久坂葉子伝／小ヴィヨン』　冬樹社　一九六九年一一月
『八方やぶれ』　朝日新聞社　一九六九年一二月
『紙魚の退屈』　人文書院　一九七二年五月
『往生記』　創樹社　一九七二年八月
『思想・地理・人理』　ＰＨＰ研究所　一九七三年四月

『西行――出家が旅』　淡交社　一九七三年六月
『中国の隠者』　岩波書店　一九七三年一〇月
『日本の地蔵』　毎日新聞社　一九七四年三月
『へそ曲がり名言集』　人文書院　一九七四年五月
『パロディの精神』　平凡社　一九七四年一一月
『富士正晴詩集』　五月書房　一九七五年五月
『狸の電話帳』　潮出版社　一九七五年一一月
『一休』　筑摩書房　一九七五年一一月
『日和下駄がやってきた』　冬樹社　一九七六年三月
『書中の天地』　白川書院　一九七六年五月
『藪の中の旅』　ＰＨＰ研究所　一九七六年一二月
『竹内勝太郎の形成――手紙を読む』　未来社　一九七七年一月
『どうなとなれ』　中央公論社　一九七七年六月
『聖者の行進』　中央公論社　一九七八年二月
『高浜虚子』　角川書店　一九七八年一〇月
『大河内傳次郎』　中央公論社　一九七八年一一月
『書中のつき合い』　六興出版　一九七九年二月
『極楽人ノート』　六興出版　一九七九年六月

『心せかるる』　中央公論社　一九七九年一〇月
『富士正晴詩集 1932-1978』　泰流社　一九七九年一二月
『不参加ぐらし』　六興出版　一九八〇年二月
『駄馬横光号』　六興出版　一九八〇年七月
『ビジネスマンのための　文学がわかる本』　日本実業出版社　一九八〇年一一月
『竹林翁落筆　せいてはならん』　朝日新聞社　一九八二年九月
『御伽草子』　岩波書店　一九八三年三月
『狸ばやし』　編集工房ノア　一九八四年四月
『乱世人間案内』　影書房　一九八四年六月
『富士正晴画遊録』　フィルムアート社　一九八四年七月
『軽みの死者』　編集工房ノア　一九八五年三月
『榊原紫峰』　朝日新聞社　一九八五年九月
『恋文』　弥生書房　一九八五年一二月
『碧眼の人』　編集工房ノア　一九九二年四月
『風の童子の歌　富士正晴詩集』　編集工房ノア　二〇〇六年三月

＊

『富士正晴作品集』全五巻　岩波書店　一九八八年七月～一一月

編集のことば

松本　昌次

「戦後文学エッセイ選」は、わたしがかつて未來社の編集者として在籍（一九五三年四月～八三年五月）しました三十年間で、またつづく小社でその著書の刊行にあたって直接出会い、その謦咳に接し、編集にかかわらせていただいた戦後文学者十三氏の方がたのみのエッセイを選び、十三巻として刊行するものです。出版の一般的常識からすれば、いささか異例というべきですが、わたしの編集者としてのこだわりとしてご理解下さい。

ところでエッセイについてですが、『広辞苑』（岩波書店）によれば、「①随筆。自由な形式で書かれた個性的色彩の濃い散文。②試論。小論。」とあります。日本では、随筆・随想とも大方では呼ばれていますが、それは、形式にこだわらない、自由で個性的な試みに満ちた、中国の魯迅を範とする〝雑文（雑記・雑感）〟といっていいかと思います。つまり、この選集は、小説・戯曲・記録文学・評論等、幅広いジャンルで仕事をされた戦後文学者の方がたが書かれた多くのエッセイ＝〝雑文〟の中から二十数篇を選ばせていただき、各一巻に収録するものです。さまざまな形式でそれぞれに膨大な文学的・思想的仕事を残された方がたばかりですので、各巻は各著者の小さな〝個展〟といっていいかも知れません。しかしそこに実は、わたしたちが継承・発展させなければならない文学精神の貴重な遺産が散りばめられているであろうことを疑わないものです。

本選集刊行の動機が、同時代で出会い、その著書を手がけることができた各著者へのわたしの個人的な敬愛の念にあることはいうまでもありません。戦後文学の全体像からすればほんの一端に過ぎませんが、本選集の刊行をきっかけに、わたしが直接お会いしたり著書を刊行する機会を得なかった方がたをも含めての、運動としての戦後文学の新たな〝ルネサンス〟が到来することを心から願って止みません。

読者諸兄姉のご理解とご支援を切望します。

二〇〇五年六月

付記

本巻収録のエッセイ二六篇は『富士正晴作品集』全五巻（岩波書店　一九八八年七月〜一一月）及び各単行本を底本にしました。

本巻の編集・校正等にあたっては、中尾務氏にひとかたならぬお力添えをいただきました。末尾ながら記して深い謝意を表します。

富士正晴《ふじまさはる》（1913年10月～1987年７月）

富士正晴集《ふじまさはるしゅう》
――戦後文学エッセイ選７
2006年８月10日　初版第１刷
著　者　富士《ふじ》　正晴《まさはる》
発行所　株式会社　影書房
発行者　松本昌次
〒114-0015　東京都北区中里3-4-5
ヒルサイドハウス101
電　話　03（5907）6755
ＦＡＸ　03（5907）6756
E-mail : kageshobou@md.neweb.ne.jp
http://www.kageshobo.co.jp/
〒振替　00170-4-85078
本文・装本印刷＝新栄堂
製本＝美行製本

定価　2,200円＋税
（全13巻・第７回配本）
ISBN4-87714-358-0